KB059462

콜센터 상담원, 주운 씨

전화기 너머 마주한 당신과 나의 이야기

콜센터 상담원, 주운 씨

박주운 지음

애플북스

콜센터 퇴사를 앞두고

콜센터에 입사한 이후 줄곧 나의 목표는 퇴사였다. 그렇다고 바로 퇴사를 했냐면 그것도 아니었다. 매번 다짐만 반복하던 나는 스물아홉에서 서른넷이 되었고, 살아가기보다는 하루씩 늙어가고 있었다. 5년은 결코 짧은 시간이 아니다. 삶에 도움이 되는 지식을 쌓거나 기술을 배우고, 잊지 못할 추억 몇 개쯤은 만들 수도 있었을 텐데 게으르고 약한 나는 그렇지 못했다. 새해마다 작년의 목표를 하나도 이루지 못해 연도만 바꿔놓는 일을 다섯 번 반복하고 나서야 비로소 퇴사를 결심했다.

이번만큼은 다를 거라며, 기필코 콜센터를 떠나겠다고 마음먹었지만 막상 목표한 퇴사일이 가까워질수록 초조해졌다. 콜센터에서 일한 시간이 아무것도 이루지 못한 삶의 공백처럼 느껴졌기 때문이다. 좋은 경험을 했다고 치기에 5년은 너무 길었고 나는 더 이상 어리지 않았다. 이대로 그만두면 흘려보낸 시간을 안타까워하며 나를 원망할 게 뻔했다.

그래서 글을 썼다. 뭐라도 남겨보자는 마음으로 브런치와 블로그에 내가 경험한 콜센터 이야기를 하나씩 풀어냈다. 글이라도 남겨놓아야 지난 5년이 결코 의미 없는 시간은 아니었다고 포장할 수 있을 것 같았다. 기록이자 일기였고, 고발이면서도 하소연인 글을 내키는 대로 써나갔다. 쓸수록 하고 싶은 말이 많아 어떤 것부터 쓸지 고민하는 시간이 늘었다. 처음에는 콜센터의 현실과 상담원들의 아픔을 알리고 싶은 마음이 컸지만, 나중에는 그냥 내가 좋아서 썼다.

이 책은 콜센터 퇴사를 결심한 시점부터 퇴사하는 날까지 쓴 글을 엮은 것이다. 쉽게 마음을 다치는 콜센터 일에서 글쓰기는 버팀목이었다. 이해할 수 없는 이유로 나를 지치게 하는 진상 고객을 만나거나, 회사에서 인격체로 존중받지 못하는 상황에 놓일 때도 글감 하나는 얻었다는 생각으로 견뎠다. 어디에도 말하지 못한 이야기를 써내려가며 응어리진 마음을 풀었다. 더 일찍

글을 썼다면 지난한 콜센터 생활이 조금은 달라지지 않았을까 하는 아쉬움마저 들 정도로.

누구나 쉽게 이용하면서도 속사정은 잘 알 수 없는 곳이 콜센터다. 안에서 일해본 사람만이 알 수 있는 이야기를 세상 밖으로 풀어놓을 생각에 벅차다. 누가 상담원 이야기에 귀 기울여줄까 잠시 걱정도 됐지만, 꼭 성공한 사람의 미담만 책이 되는 건 아닐 거라고, 개인의 부끄러운 이야기도 어딘가에서 고개를 끄덕이며 들어줄 사람이 있을 거라 스스로 위로하며 용기를 냈다.

한편으로는 상담원이라는 직업을 너무 안 좋게만 그린 것 같아 자부심을 갖고 일하는 상담원분들께 죄송하다. 그림자가 많은 박주운이라는 개인의 이야기라고 이해해주셨으면 좋겠다. 인터넷에 파묻혀 있다가 영영 사라질 수 있었던 이야기를 세상으로 꺼내준 조은아 편집자님께 감사드린다. 출간 계약을 맺었다는 말에 자기 일처럼 좋아해주고 책이 나오기까지 응원을 아끼지 않은 미은 님과 숙경 선배, 그리고 5년간 함께 고생한 동료들에게 고맙다.

지금도 어딘가에선 어김없이 콜센터 전화벨이 울리고 있을 것이다. 그러면 크게 호흡을 내뱉고 전화를 받는 상담원이 있다.
이 책은 언젠가 당신이 스치듯 만났던 상담원의 이야기쯤으로
읽어주시면 좋겠다. 나는 그만뒀지만 세상의 상담원들이 조금
더 행복해지길 바란다.

○
○

**차
례**

2장 / 전화기 너머 당신과 나의 이야기

3장 / 콜센터, 그 이상한 사회

1장

나는
콜센터 상담원입니다

어쩌다 보니
상담원

○
○

    내가 콜센터 상담원이라니… 그것도 서른넷이 되도록 5년 동안이나. 지금의 내가 되기까지 나를 버리고 산 건 아니었다. 평범하게 대학에 입학하고, 별다른 고민 없이 정한 건축공학이라는 전공은 나와 어울리지도, 마음에 들지도 않았다. 그렇다고 전과를 시도하거나 다른 공부를 하진 않았다. 대학 4년을 이렇다 할 목표 의식 없이 보내다 보니 학점이나 어학 점수는 보통보다 나을 게 없었고, 자격증이나 대외활동도 겨우 구색만 맞춘 무색무취의 취업준비생이었다. 50개가 넘는 건설회사에 입사지원을 했지만 대부분 서류심사에서 걸러졌고, 그나마 면접을 본 몇 개의 회사에서도 최종 탈락했다.

    졸업과 동시에 백수가 된 나는 고향인 제주도로 내려가 몇 개월을 놀았다. 그러다 아무 데나 취직만 하자는 마음으로 지원한 지방은행에 운 좋게 입사했다. 백수생활을 청산하고 돈을 번다는 사실에 잠깐은 기뻤지만 일을 할수록 회사가 마음에 들지 않았다. 능력은 없는데 눈만 높아서 이곳에서 일하는 내가 아깝다는 생각이 내내 따라다녔다. 매일 밤 10시가 넘어서야 하는 퇴근도 더 이상 버티기 힘들어 결국 6개월 만에 퇴사를 했다. 나는 그때나 지금이나 현실감각이 없는 것인지도 모르겠다.

어렵게 들어간 회사를 마음대로 그만두고 무작정 부모님께 손을 벌릴 수는 없었기에 바로 일자리를 알아봤다. 다행히 얼마 지나지 않아 공기업 청년인턴을 거쳐 항공사 제주지점 용역업체에서 일했다. 남에게 폐 끼치는 것을 누구보다 싫어하고, 일 못한다는 소리를 듣는 것도 못 참는 성격이라 되는대로 열심히 했다. 그 모습을 좋게 본 지점장의 추천으로 서울 본사에 채용되는 기회를 얻었다. 스물아홉 살 무렵이었다.

지금 생각하면 무엇이라도 시작할 수 있는 나이지만, 당시엔 수도권에서 직장을 구하지 못해 고향으로 돌아와 백만 원이 조금 넘는 월급으로 변변찮게 사는 내가 초라해 보였다. 그런 나에게 서울에서 직장생활을 할 수 있다는 건 기회였다. 그 길로 상경해 월세방을 구하고, 홀로서기를 준비했다.

　야심 찬 신입사원의 포부도 잠시, 출근한 지 2달 만에 나는 또다시 고비를 맞았다. 적성에 맞지 않는 업무와 미래의 불투명함이 그 이유였다. 무엇보다 사수였던 직속 상사가 능력은 있는데 괴팍한 사람이라 늘 시달려야 했다. 이전 직장에서는 나름 일 잘한다는 소리를 듣고 다녔는데, 여기서는 매번 실수하는 통에 내가 한심스러웠다. 하루에도 몇 번씩 날아오는 꾸지람에 쪼그라들다 못해 투명해지는 느낌이었다. 점점 출근이 두려워졌다. 내가 잘할 수 있고, 진정 원하는 일을 하고 말겠다는 일념으로 사표를 썼다.

　그때는 사표를 쓰는 마음이 나의 진심이라고 생각했는데, 돌이켜보면 회사를 그만두기 위한 핑계였을 수도 있다는 생각이 든다. 일을 적성으로 하는 사람이 어디 있으며, 비전이 있는 일은 무엇이란 말인가. 고작 2개월 된 신입이 실수하는 건 당연하다. 오히려 실수 없이 잘하는 게 더 이상하다. 불같은 성격의 사수는 지금 생각해도 만나고 싶지 않지만, 어딜 가나 나를 힘들게 하는 사람이 있다는 것을 이제는 안다. 스스로를 객관화해 판단하지 못했고, 사회가 결코 만만치 않다는 사실을 뒤늦게 깨달았다.

그 후로 석 달쯤 신나게 놀았다. 조금만 준비하면 금방이라도 번듯한 회사에 들어갈 줄 알았으니까. 백수가 체질인가 싶게 즐기기도 잠시 통장 잔고가 바닥났다. 그제야 구직에 뛰어들었지만 변변한 능력도, 경력도 없이 나이만 먹은 스물아홉의 나를 받아주는 회사는 없었다. 엎친 데 덮친 격으로 당장 월세 낼 돈이 없어 급한 불을 꺼야 했다.

밤새 구직사이트를 뒤지다가 눈에 들어온 것이 바로 콜센터의 구인공고였다. 그때까지만 해도 콜센터는 직장으로 생각하지 않았다. 딱 3개월만 다니면서 돈을 모으고 번듯한 직장에 들어갈 요량이었으니까. 화장실에 가는 시간마저 통제당하다 방광염에 걸리고, 악질 진상 고객을 만나 멘탈이 바스러져 정신과 치료를 받는 상담원들의 이야기도 나에게는 큰 문제가 아니었다. 어쩌다 보니 그곳에서 5년을 보내고 말았지만.

어떤 공연을
예매해드릴까요?

○
○

　　상담원으로 일하겠다고 마음을 굳히고 지원한 곳
은 인터넷 서점 콜센터였다. 평소 자주 이용하던 온라인 서점이
라서 전혀 모르는 분야의 콜센터보다는 나을 것 같았다. 서류를
접수한 다음 날 연락해온 채용담당자는 예상치 못한 제안을 했
다. 도서 콜센터는 채용이 마감되었으니 같은 기업의 티켓 콜센
터에서 일해보는 건 어떻겠냐고.
　　'어차피 다른 회사를 구할 때까지만 다닐 건데 뭐.'
　　잠시 머물 생각이라 어디든 상관없었고, 해보겠다고 했다.

　　나는 뮤지컬, 콘서트, 연극, 전시, 체험, 행사 등 수많은 티켓을
판매하는 기업의 인바운드(Inbound)*에서 일을 시작했다. 티켓
업계에서 나름 알려진 기업이라 상담원이 많을 줄 알았는데, 티

켓 부서의 근무자는 서른 명 정도로 규모가 작았다. 마지막 통화가 길어지거나 처리하지 못한 일이 생기는 경우를 제외하면 오후 6시가 되자마자 퇴근할 수 있는 장점이 있다. 다만 365일 운영되어 보통 일주일에 한 번은 주말 근무를 한다.

공연 관람 문의가 대부분인 이곳은 그 내용이 한정적이라 상담 업무가 아주 까다롭지는 않다. 입사하기 전에 고작 뮤지컬과 연극 몇 편 본 게 다였던 나도 어려움 없이 일할 수 있었다. 진상을 부리면 다 해주는 일부 콜센터와 달리 정해진 규정에 따라 업무가 처리되는 것도 좋은 점이다. 그래서 내가 5년이나 다닐 수 있었는지도 모른다. 물론 공연 티켓이 고가이고 좌석 확보에 민감한 고객이 많아 주의를 요하는 상담이다. 회사가 제공하는 서비스에 박식한 공연 마니아 고객들도 많아 매끄러운 상담 실력도 필요하다.

주로 고객문의는 예매한 티켓의 취소를 요청하거나, 예매 방법, 할인 적용 방법을 묻는 간단한 것에서부터 본사나 공연 기획사에 확인을 거쳐야 하는 복잡한 것까지 다양하다. 인터넷예매

---

* 고객에게 걸려온 전화를 받아 문의를 해결하는 곳이다. 반대로 아웃바운드(Outbound) 콜센터는 고객에게 전화를 걸어 영업을 하거나 정보를 안내한다.

가 어려운 분들께 전화로 예매를 도와드리는 일도 주요 업무다. 예매할 좌석을 미리 확인하지 않은 고객에게 남아 있는 좌석 위치를 안내해드리는 것, 전화예매 완료 후 취소 및 환불 규정을 안내해드리는 것은 어렵지는 않아도 꽤 지치는 일이다. 티켓 배송이 늦거나 취소 시 발생하는 수수료에 항의하는 고객, 취소마감시간이 지난 상태에서 취소해달라는 막무가내 고객을 응대하는 것도 상담원이 해야 하는 일이다.

이름만 대면 아는 기업이지만, 근로자인 내게 득이 되는 것은 없다. 대기업 산하에서 콜센터를 운영하는 아웃소싱업체의 소속이기 때문이다. 감정을 다치는 일이 많아서였을까. 정규직이지만 소속감을 느낀 적은 없다. 이쯤 일했으면 애사심이 생길 만도 한데 회사가 미워지다 못해 원수처럼 느껴진다. 그런데도 회사를 위해 매일 험한 욕을 먹으며 일하는 꼴이라니. 끝이 보이지 않는 터널을 하염없이 걷고 있는 듯하다. 그리고 그 터널은 내 발로 들어갔으며, 밖으로 걸어나가는 게 아니라 가만히 주저앉아 신세한탄만 하고 있다는 생각에 아찔하다.

매일 시험에 듭니다

○
○

    콜센터 일은 자존감을 지키며 할 수 있는 게 아니다. 출근길마다 고객은 내가 아니라 회사에 화를 내고 있다는 것, 나는 정당한 노동으로 돈을 벌고 있다는 생각, 싫든 좋든 어느 정도 상처를 입을 수밖에 없다는 사실을 머리에 새겨도, 막상 수화기를 집어 들면 곧추세운 마음이 허무할 정도로 무너져 내렸다. 힘들어하는 후배들에게 위로한답시고 '이 일도 하다 보면 다 적응된다'라고 말하지만, 거짓말이다. 5년째 하는 나도 도무지 적응이 안 되니 말이다.

    나를 괴롭히려고 작정한 고객 앞에서 흔들리지 않고 미소 띤 음성을 유지하는 일은 매일 시험에 드는 기분이다. 언젠가 모욕을 당하고 분명 화를 내야 하는 순간에 어색하게 웃어버린 적이 있다. 이곳에서 일할수록 내가 가장 싫어했던 그날의 모습을 똑같이 되풀이하는 것 같다. 이럴 땐 조금 비겁하지만 '다른 사람들도 나처럼 자존심을 버리면서 일하겠지', '나에게 독한 말을 퍼붓는 저 고객도 어딘가에서 나와 같은 경험을 하겠지' 하는 생각으로 작은 위로를 챙긴다.

고객보다 더 견디기 힘든 건 회사다. 이들에게 나는 회사의 직원, 혹은 인간이 아니라 하루에 70콜 이상 받아내는 도구일 뿐이다. 후처리*가 조금이라도 길어지면 관리자가 전화를 받으라고 소리치고, 가끔은 불려 나가 혼쭐이 나기도 한다. 내가 고객에게 어떤 험한 말을 들었는지, 얼마나 속이 상했는지는 그들의 관심 대상이 아니다. 몇십 분간 이어진 통화를 겨우 끝내고 숨 돌릴 틈도 없이 후처리를 줄이라는 쪽지를 받을 때면 어디를 향해야 할지 모를 원망이 솟구친다.

다 큰 성인이 화장실에 갈 때마다 허락을 받는 일은 상상할

---

* 고객과 통화를 종료한 후 전화를 받지 않는 상태로 업무를 처리하는 시간이다. 통화가 종료되면 자동으로 후처리 상태가 되고, 모니터에 띄워진 콜 프로그램의 [대기] 버튼을 누르면 전화가 들어온다. 상담원들은 이 시간을 이용하여 종료한 상담 이력을 전산에 남기거나, 본사 담당자의 확인이 필요한 건은 메일을 보낸다. 전화를 받지 않아도 업무에서 꼭 필요한 시간이지만, 회사 입장에서는 생산성을 위해 줄여야 하는 시간이다.

수도 없지만, 상담원에겐 당연한 처사다. 그마저도 급하게 다녀오거나 최대한 눈치를 보며 참아야 한다. 진상 고객에게 시달리고, 화장실도 허락받고 가야 하는 내 신세가 더러워서 관리자에게 불만 제기를 해봤지만, 바뀐 것은 아무것도 없다. 이 회사에서 나는 당장 내일이라도 다른 인력으로 교체될 수 있고, 그만둔다고 해도 전혀 아쉬울 것 없는 존재였다. 더 이상 순진한 기대는 무의미했다.

하나의 인간으로 존중받지 못함을 잘 알고 있었다. 그럼에도 불구하고 5년 동안이나 모른 척하며 꾸역꾸역 지내온 날들이 남아 있던 자존감마저 바닥으로 떨어뜨렸다. 퇴사를 결정한 것은 아무래도 잘한 일이었다. 다음 회사는 애정을 갖고 존경할 수 있는 곳은 아닐지라도, 최소한의 자부심을 가질 수 있는 회사이기를. 아마도 퇴사를 생각하는 사람이라면 다 같은 마음이겠지.

융통성 없는
상담원

○
○

　어려서부터 '융통성 없다'라는 말을 지겹게 들어
왔다. 고지식한 나를 걱정했던 부모님은 융통성을 길러주려 했
지만 별 효과는 없었다. 오히려 나는 비교 대상에 있는 융통성
있는 친구들을 미워하며 고집스럽게 행동했다. 결국 부모님의
우려대로 고지식한 어른으로 자랐다. 나이가 들면서 조금씩 나
아지긴 했지만, 서른 중반인 지금까지도 '융통성 없는 나'는 콤
플렉스로 남아 있다.

　그놈의 융통성 때문에 입사 2년 차에 고객에게 혼난 적이 있
다. 중년 여성이 배우자 ID로 예매한 내역을 확인해달라는 문의
였다. 콜센터는 개인정보가 중요한 곳이다 보니 예매자 본인에
한해 제한되는 상담이 많다. 불가피할 경우 직계 가족을 통해 이

름, 생년월일, 휴대폰 번호 등의 정보가 확인되면 간단한 안내가
가능하다.

"원활한 상담을 위해 예매자정보를 확인해야 합니다. 예매자
님 성함 및 생년월일, 휴대폰 번호를 말씀해주시겠습니까?"

전산을 조회해보니 이름과 휴대폰 번호는 맞는데 생년월일
중 한 자리가 달랐다. ID나 이메일주소 등 정보를 추가로 확인
하자 고객은 "내 남편 생년월일도 모르겠어요? 그냥 알려줘요!"
라며 대뜸 소리를 질렀다.

생년월일 한 자리는 고객이 예매할 때 잘못 입력했을 수도 있
고, 어르신이라 잠시 헷갈렸을 수도 있다. 요즘은 유연하게 처리
하는데 당시만 해도 개인정보는 철저히 지켜야 한다는 생각에
정보가 하나라도 맞지 않으면 안내하지 않았다. 고객은 ID도, 이
메일주소도 모른다며 성질을 냈지만, 나는 원칙대로 응대했다.
예매가 잘 됐는지만 확인해달라는 고객과, 개인정보 불일치로
안내가 어려우니 정확한 생년월일을 말씀해주시거나 예매자 본
인이 연락을 해야 한다는 나와의 기 싸움이 10분 넘게 이어졌다.
결국 고객은 씩씩대며 전화를 끊었다. 마음을 가라앉히고 다른
전화를 받고 있는데 친한 동료가 메신저로 대화를 걸어왔다.

[주운님, ○○○ 고객 배우자와 통화하셨죠? 고객이 주운님과 상담하면서 너무 불쾌했다고 팀장이 전화하거나 주운님이 직접 사과하라는데요… 어떻게 할까요?]

알고 보니 고객은 나와 통화를 마치고 바로 다시 전화를 걸었고, 그 전화를 받은 동료는 "예매하실 때 생년월일 한 자리를 잘못 입력하셨나 보네요~"라며 융통성을 발휘해 고객이 만족해한 상담을 해준 터였다. 나는 '규정대로 안내했고 잘못한 게 없다. 오히려 규정을 어긴 건 그쪽이니 그 문제는 팀장님한테 말씀하세요'라고 말하고 싶었다. 하지만 괜히 일을 크게 만들고 싶지는 않았기에 사과 전화를 했다.

"내가 아들 같아서 하는 말인데, 그렇게 융통성이 없으면 사회생활하기 힘들어요. 콜센터에서 상담하다 보면 별일이 다 있을 텐데 규정대로만 하다가는 상담원만 피곤해지는 거야."

고객은 나의 사과에 화를 내는 대신 인생 선배의 마음으로 뼈 있는 충고를 해줬다.

'차라리 그냥 욕을 하지….'

고객의 말이 욕보다 아프게 들렸다. 일할 때만큼은 만나고 싶지 않았던 나를 마주하고 '융통성 없는 나'에 대한 부끄러움이 밀려왔다. 부러질 듯이 올곧은 내가 만든 상황 앞에서 분하고 서글펐다.

일을 하며 쌓은 경험이 도움이 되었는지 그 후로 융통성이 제법 생겼다. 전에는 회사에 도움이 안 될 게 뻔해도 고객에게 사실을 그대로 안내하는 것이 문제해결만큼이나 중요하다고 생각했다. 지금은 굳이 안 해도 될 얘기는 하지 않는다. '적당히'를 배웠고, 고객의 편의를 위해 규정을 위반하지 않는 범위 안에서 요령 있게 돌아갈 줄도 안다.

5년 동안 아무것도 바꾸지 못했다고 생각했는데, 발전한 내 모습에서 지나온 시간이 헛되지 않았음을 확인한다. 융통성이 없는 게 정말 나쁘지만은 않을 것이다. 꽉 막힌 답답이인 내가 싫을 때도 있지만, 어딘가에는 나 같은 고지식한 사람도 필요하겠지.

가끔은 상담원도
칭찬이 필요하다

o
o

    김연아 선수의 은퇴 무대인 아이스쇼 티켓이 오픈하는 날이었다. 워낙 인기 있는 공연이라 티켓 오픈과 동시에 대기호*가 수십 개까지 치솟아 티켓이 빠르게 팔려나가기 시작했다. 긴장한 채로 전화를 받았는데 역시나 아이스쇼를 예매해달라는 고객이었다. 가끔 순식간에 매진되는 공연에도 아랑곳하지 않고 반드시 VIP석 4매를 확보하라며 으름장을 놓는 고객이 있는데, 이 고객은 좀 달랐다. 날짜도 등급도 상관없으니 아무 좌석이나 하나만 잡아달라며 떨리는 목소리로 정중히 부탁하는 것

---

*   상담원과 연결되기를 기다리는 고객의 수이다. 대기호가 2~3개 정도면 빨리 전화를 받아서 대기호를 없애야겠다는 생각이 들지만, 10개가 넘어가면 의욕이 없어진다. 인기 있는 공연이 오픈되면 20개 이상은 다반사다. 만약 30개를 초과하면 그땐 큰일이 터진 것으로 비상사태다.

이 아닌가. 고객의 간절함이 느껴져 예매해드리고 싶은 마음이
절로 들었다.

상담원이라고 해서 인터넷으로 예매하는 고객보다 빠르게 좌
석을 확보할 수도 없는 노릇이다. 콜센터 예매 시스템을 이용하
더라도 일반 고객들과 똑같이 경쟁해서 예매해야 한다. 썰물처
럼 빠져나가는 좌석수를 확인하며 5분 넘게 예매를 시도했지만,
결국 실패하고 말았다.

간혹 예매에 실패하면 부탁할 때의 간곡한 태도는 어디가고
"상담원이 좌석 하나도 못 잡느냐", "쓸데없이 전화비만 날렸다"
라며 비난한다. 혹시나 화를 내지 않을까 걱정하는 내게 고객은
"여러 번 시도해주셔서 감사합니다. 상담원님 수고 많으셨어요"
라는 말을 남기고 전화를 끊었다. 비록 예매는 실패로 끝났지만,
나의 노력을 알아주는 그 마음이 너무 고마웠다.

보통 통화를 종료한 뒤에는 대기 중인 다음 전화를 바로바로
받아야 하지만, 마지막으로 한 번만 더 시도해보고 싶었다. 예매
창을 열어 좌석배치도를 새로고침한 순간, 괜찮은 위치에 좌석
하나가 나와 있었다. 그렇다 해도 좌석을 선택하면 '이미 선택된
좌석입니다'라는 메시지가 뜨면서 실패하는 일이 많은데, 이게

웬걸. 다음 단계로 화면이 넘어가고 있었다. 횡재한 기분으로 고객정보를 입력하고, 마침내 예매에 성공했다. 예매가 제대로 됐는지 재차 확인한 끝에 고객에게 전화를 걸어 자초지종을 설명했다. 그분은 몹시 놀라워하며 몇 번이나 고맙다고 인사했다. 왠지 쑥스러워 얼른 전화를 끊었지만, 내가 꽤나 좋은 사람이 된 것 같았다. 이 일을 하면서 처음 만난 뿌듯함이었다.

콜센터에 입사할 때는 고객의 어떠한 문의라도 해결해드리고 보람을 느끼는 상황을 기대하지만, 그런 일은 자주 일어나지 않는다. 생기더라도 수없이 걸려오는 전화를 받으며 금방 잊어버리고 만다. 이 일도 기억에서 사라져 갈 때쯤, 홈페이지 1:1 문의를 담당하는 동료가 내 앞으로 칭찬이 접수됐다고 알려주었다. 확인해보니 그때 도움을 드렸던 고객이 다시 한번 감사하다는 인사를 정성스레 남긴 것이었다. 통화 중에 친절하게 상담해줘서 고맙다는 말은 들었어도, 홈페이지에 칭찬이 접수된 일은 처음이자 마지막이었다.

일을 할수록 상담은 능숙해졌지만, 고객을 진심으로 도우려는 마음은 줄어들었다. 칭찬이 접수된다고 해서 평가에 반영이 된다거나 혜택도 없어 동기부여가 안 된 것도 사실이다. 그럼에도 그 일은 나의 콜센터 생활에 작은 힘이 돼주었다. 생각지도 못하게 좌석을 잡았을 때의 희열, 기쁜 소식을 고객에게 전할 때의 설렘, 나의 말을 들은 고객의 반응에서 느껴지는 약간의 의아함과 감사 인사를 곱씹으면서 생각해본다. 어쩌면 그때의 나는 꽤 괜찮은 상담원이었는지도 모른다고.

상담원의 직업병

•••

회사 밖에서도 상담원이 될 때가 있다. 한번은 퇴근길 지하철에서 옆자리에 앉은 할아버지가 지하철 노선도 앱을 설치해달라고 부탁했다. 흔쾌히 도와드리는데 설치에 필요한 계정이 없어 시간이 지체됐다. 내려야 할 역은 다가오고 나는 그만 할아버지께 죄송하다고 말하려는데 난데없이 "고객님, 죄송합니다. 제가 이번 역에서 내려야 해서요…"라는 말이 튀어나왔다.

이럴 때도 있다. 분명 내가 고객에게 먼저 연락하고서 "감사합니다. ○○○ 고객센터 박주운입니다. 무엇을 도와드릴까요?"라고 말해 고객과 나 사이에 어색한 침묵이 흘렀던 적이. 주위 동료들도 다른 콜센터나 음식점에서 상담원이나 종업원에게 "고객님"이라고 부르는 말실수를 하기도 한다고.

•••

　상담품질(QA) 관리팀에게 몇 차례 사물 높임, 제3자 높임을 지적받았다. 이를테면 "취소수수료가 나오셔서", "배송기사님께서"와 같이 고객이 아닌 사물이나 제3자에 존대어를 사용하는 실수다. 문법에 맞지도 않을뿐더러 최근에는 고객들도 어색하게 생각해서 고쳐야 하는데 쉽지 않다. 특히 민원이나 까칠한 고객을 상담하다 보면 최대한 예의를 지키고 말실수를 피하려고 과도하게 높임말을 쓰다가 되레 실수를 한다.

　상담 중에 사물 높임을 쓴 동료는 고객에게 "'좌석이 없으셔서요'라고? 초등학교도 안 나왔니?"라는 말을 들어봤다고 했다. 당연히 바로잡아야 하지만, 말은 생각처럼 나오지 않을 때도 있고 상담원도 그러고 싶어서 그러는 게 아니다.

•••

　일기예보에 민감해진다. 태풍, 지진 같은 재난 상황에서 콜센터는 아수라장이다. 수많은 공연이 취소되고, 공연은 진행되지만 관람을 못 하는 고객이 생긴다. 왜 이런 재난 상황에서 공연이 취소되지 않는지 항의하는 민원, 반대로 공연 취소가 결정돼도 민원은 빗발친다. 겨울에 갑작스레 눈이라도 쌓이는 날이면,

차가 막혀 제시간에 못 갈 것 같은데 어떻게 하냐는 문의가 속출한다. 일기예보에 비나 눈, 미세먼지가 심하다고 하면 괜히 민원이 많을까 염려되고, 사회에 큰 영향을 주는 메르스 같은 사건사고가 생겨도 그 자체에 관심이 가기보다 업무에 영향이 있지 않을까 노파심이 든다.

...

사무실 환경은 그야말로 미세먼지가 가득하다고 보면 된다. 그 안에서 끊이지 않는 콜을 받으면 금세 목이 건조해져 따갑다. 최소한의 프라이버시를 보장받지 못할 만큼 옆 사람과 거리는 턱없이 좁아서 한 명이 감기에 걸리면 전염되기 쉽다. 독감에 걸려 며칠 고생하다가 겨우 나았는데 주위 직원들이 그대로 옮아 굉장히 미안했던 적이 있다. 어디 그뿐인가. 계속 앉아 있다 보니 허리 통증에 시달리는 상담원이 많다. 통화하는 동료들을 보면 다들 거북목이라 조금 웃기면서도 슬프다. 늘 모니터를 쳐다보느라 안구건조증은 말할 것도 없고, 점심을 먹고 바로 앉아 있으니 소화불량을 달고 산다.

몸보다 더 아픈 게 마음이다. 우울과 불안 증세로 퇴사하는 동료를 종종 본다. 친한 선배는 공황장애를 겪고 있는데, 전화를 받다가 갑자기 숨이 막히고 죽을 것 같은 공포가 밀려든다고 한다. 병원을 다녀도 쉽게 낫지 않는 것 같아 마음이 아프다. 뿐만 아니라 스트레스로 폭식증 등 식이장애에 시달리고 심각한 불면증에 걸리는 동료도 있다.

고객에 맞춰 감정을 통제하는 것이 일상이다 보니 진짜 내 마음이 어떤지는 돌아보지 못한다. 민원 고객, 진상 고객을 응대하면 어떤 식으로든 감정이 동요하기 마련인데도 드러낼 수 없다. 회사는 고객에게 좋은 감정만 드러내길 바란다. 이곳에서 나는 마음이 없는 돌멩이라고 생각해보지만, 나를 인격체로 대우하지 않는 고객 앞에서 상처받지 않기란 불가능에 가깝다.

퇴근을 하고 집에 오면 마음이 텅 빈 듯 헛헛하다. 감정 조절이 몸에 배서 사람을 만나는 것도 감정을 쏟는 일처럼 느껴진다. 점점 무기력해지고 나를 둘러싼 모든 관계에 노력하고 싶지 않다. 그러다 보면 진짜 병을 얻기도 한다.

그럼에도 불구하고 건강한 생활을 할 수 있는 방법이 무엇일까 생각해보지만, 도무지 떠오르지 않는다. 상담원들의 고민을 해결해줄 콜센터는 어디에도 존재하지 않는 걸까. 정녕 퇴사 말고는 해결할 방법이 없는지도 모르겠다.

적응과 순응 사이

○
○

　콜센터는 조금 이상한 세상이다. 마치 '닭장' 같다. 넓지 않은 사무실에 쇼핑, 도서, 티켓 부서의 백 명이 넘는 상담원이 다닥다닥 붙어 앉아 전화를 받는다. 사람은 많은데 환기가 되지 않아 좋지 않은 냄새를 달고 사는 곳에서 쉴 새 없이 말을 한다. 회사의 잘못 때문에, 혹은 잘못이 없는데도 잔뜩 화가 난 고객을 응대하면서.

　처음 면접을 보러 갔을 때 상담원들을 보고 몹시 놀랐다. 하나같이 책상 앞에 앉아 헤드셋을 쓴 채로 허공에 알 수 없는 손짓을 하며 말을 쏟아내는 그들이 기괴하게 느껴져 면접을 포기할 생각마저 들었다. 일하고부터는 그 모습이 곧 나였고, 더 이상한 것투성이였다.

　회사는 내가 하루에 몇 콜을 받는지, 후처리는 몇 분을 쓰는지

감시하며 조금이라도 지체되면 얼른 콜을 받으라고 몰아세운다. 월급이라도 많으면 그러려니 할 텐데 쥐꼬리만 한 월급이 들어오는 날에는 기쁘긴커녕 한숨만 나왔다.

콜센터를 생각하면 군대가 떠오른다. 매트리스와 모포를 개는 방법이 정해져 있고, 사물함에 넣을 속옷까지 각을 잡아 정리해야 하며, 후임이 선임을 깨울 때 몸을 건드리면 안 되는 세계. 새벽 경계 근무를 다녀와서 침상에 걸터앉아 전투화를 벗었다가 자는 줄 알았던 선임에게 걸려 혼쭐이 난 일은 아직도 생각난다 (전투화는 바닥에 쪼그려서 신고 벗어야 한다). 심지어 규율을 신성시하며 제대로 따르지 않는 후임을 갈구는 일도 일어난다. 지금이야 그게 아무 의미 없고 잘못된 일이라고 생각하지만, 당시에는 무엇이 이상한지도 몰랐다. 인간이 신기한 건 익숙해질수록 이해할 수 없는 규칙에도 적응이 된다는 사실이다.

콜센터도 마찬가지다. 부조리하고 효율적이지 못하다고 생각한 일이 언제부터인가 당연해진다. 고백하건대 신입상담원이 유독 화장실을 자주 가면 속으로 농땡이를 친다고 생각했다. 나중에 그가 비뇨기 관련 질병을 앓고 있다고 들었을 땐 미안함보다 부끄러움이 더 컸다. 긴장해서 자주 화장실에 들락거리느라 관리자의 눈치를 살피는 신입 시절을 나도 겪었으니까. 밀리는 콜은 신경도 안 쓰고 친절상담을 한답시고 고객과 길게 통화하는 후배를 답답해하기도 했다. 끔찍한 회사였는데 어느새 아군이 된 나였다.

입사한 지 5개월쯤 되었을 때, 이제 막 들어온 신입사원과 우연히 식사를 했다. 그는 내가 콜센터와 어울리지 않는다며, 이런 일을 할 사람처럼 보이지 않는다고 했다. 이런 일 히는 시람이 따로 있느냐고 웃으며 대꾸했지만 그 말은 오래도록 알량한 자부심이었다. 그렇지만 이제는 아니다. 나는 이해할 수 없던 콜센터의 논리를 뼈마디에 새긴 사람으로 변해 있었다. 적응이라 해야 할지, 순응이라 해야 할지. 어쩌면 둘 다 아니라 자발적 노예가 되는 중인지도.

나는 예매하는 기계가
아닙니다

○

"가수 ○○○, △△ 지역 콘서트 예매하려고 하는
데 인터넷으로 예매하기가 참 힘드네요?"

"가수 ○○○ 12월 24일 △△ 지역 공연 말씀이시죠?"

인터넷예매 방법을 알려달라는 건지, 전화예매를 해달라는 건
지 확실하지 않아 되물었다. 고객문의를 정확히 확인하는 절차
임과 동시에, 고객이 대답하는 사이에 예매페이지를 검색하고
도와드릴 시간을 준비하기 위해서다.

"○○○ 공연이 △△ 지역에 그날 하루 말고 더 있어요?"

"아닙니다, 그때 한 번입니다. 전화예매 해드릴까요?"

"하세요."

'하세요…? 내가 잘못 들은 건가? 예매는 고객이 원해서 하는

거지 내가 원해서 하는 게 아닌데….'

"혹시 인터넷으로 확인하신 좌석 번호나 원하시는 좌석 등급
이 있으신가요?"

"못 봤어요. S석은 어디에요?"

"S석은 2층에 있습니다. 현재 남아 있는 좌석은 2층 중앙 구역
에는 5열 이후에만 있고 왼쪽 구역에는…."

"거기. 거기 줘요, 그냥."

"혹시 적용 가능한 할인 있으십…."

"없어요."

내 말이 끝나기도 전에 까칠한 대답이 돌아왔다. 상담원이 사
용하는 헤드셋은 그다지 성능이 좋지 않아서, 내가 말하는 도중
에 고객이 말하면 서로의 목소리가 겹쳐 말소리가 잘 들리지 않
을 때가 있다. 신경이 곤두서 피곤해졌다.

"근데 홈페이지에 있는 ◇◇ 할인이 뭐예요?"

"고객님의 개인정보를 외부 업체에 제공하고, 할인쿠폰을 받
으시는 이벤트인데, 전화예매 시에는 사용이 불가한…."

"아휴 몰라, 그냥 예매해요."

자기가 물어봐 놓고 왜 짜증을 내는지, 이때부터는 정말 수화

기를 내려놓고 싶었다. 마음을 가라앉히려고 심호흡을 하느라 대답할 타이밍을 놓쳤을 때, 고객이 다시 말했다.

"하세요~~."

그놈의 '하세요! 하세요! 하세요!' 참 거슬린다.

"결제수단은 무통장입금 또는 카드결제 중에…."

"무통장으로 해줘요. 그냥~."

"입금하실 은행은 신한, 국민…."

"신한."

예매 완료 후 취소수수료 및 취소마감기한, 유의사항에 대해 안내해드리는데 정말 듣기 귀찮다는 말투로 고객이 말했다.

"알았어요~~~."

"취소수수료 및 유의사항에 대해 안내받지 않으실 경우, 추후에…."

"알았다고요, 됐어요. 끊습니다."

뚜- 뚜- 뚜-.

전화를 끊고 몹시 불쾌했다. 고객이 나에게 욕을 한 것도 아니고 무리한 요구를 하는 진상도 아니었다. 예의 있는 고객은 아니었지만 그보다 심한 사람도 부지기수다. 그렇지만 "하세요"라는 말에 마음이 상했다. 전화예매 중에 카드결제를 하는 고객에게 할부는 몇 개월로 해드릴지 물어보면 "일시불로 하세요"라는 말은 들었어도 이번 "하세요"는 달랐다. 이 말이 나를 자극하는 분노 스위치인가.

한번은 상담과 연관이 없는 본인의 상황과 감정을 털어놓으며 하소연하는 고객이 있었다. 마치 이곳을 심리상담소로 생각하는 것 같아 전화를 잘못 받은 줄 알았다. 처음에는 "마음이 불편하셨겠습니다, 그러실 것 같습니다" 하며 들어줬지만 쓸데없는 이야기가 계속되자 짜증이 나서 "네, 네"라는 감정 없는 대답만 했다. 말이 많은 고객과의 통화는 '내가 자기 친구야? 그런 얘기는 친구한테나 할 것이지, 혹시 친구가 없나?'라는 못된 생각마저 들게 한다. 이런 고객을 만나면 나를 상담원으로만 봐 주고, 필요한 얘기만 간결하게 하는 고객이 그리울 지경이다.

그러다가 전화예매 평균 소요 시간의 절반밖에 안 걸리고 핵심만 말하는 고객과 대화를 한 거였는데도 정작 기분이 좋지 않았다. 그 고객은 어쩌면 나를 예매해주는 기계쯤으로 생각했던 것 같다. 아무 감정 없이 자판기 버튼을 꾹꾹 누르는 것처럼 나를 대했을지도 모르겠다. 감정이 있는 인간으로 상담원을 대해주기를 바라는 마음을 놓지 못해서였을까. 차마 뱉지 못한 말이 입안을 맴돈다.

"나는 예매해주는 기계가 아닙니다. 나도 사람입니다."

언제쯤 괜찮은 사람이
될 수 있을까

○
○

    퇴근을 한 시간 앞두고 콜을 받았다. 팬클럽 물품을 받지 못했는데 배송완료로 나온다며 확인을 요청하는 문의였다. 예매내역을 살펴보니 주소에 아파트 동, 호수가 빠져 있었다. 일반적인 공연 티켓이라면 당연히 배송업체로 확인이 가능하지만, 팬클럽 물품처럼 이례적인 상품은 우리 회사와 계약된 배송업체가 아니라 일반 택배사를 통하기 때문에 확인 절차가 까다롭다.

    순간, 주소를 제대로 입력하지 않은 고객의 잘못도 있고, 내가 물어보든 고객이 물어보든 배송기사의 답은 같을 테니 고객이 직접 확인하는 편이 낫지 않을까 하는 얄팍한 생각이 들었다.

    "고객님, 주소가 제대로 입력되지 않는 것으로 확인되어 상세한 문의는 배송업체나 배송기사를 통해 안내받으시길 바랍니다."

그 고객은 내 말이 끝나기가 무섭게 역정을 냈다.

"주소를 제대로 입력하지 않았다면 반송되어야 하는데 배송 완료 상태는 뭔가 잘못된 것 아닌가요? 상품을 판매했으면 배송까지 책임져야지, 고객에게 직접 확인하라는 게 말이 되나요?"

백번 맞는 말이다. 번거롭더라도 내가 확인해야 맞는데 고객 실수를 이유로 잘못을 떠넘기려다가 된통 혼쭐이 났다. 이럴 땐 실수를 인정하면 그만인데, 나는 밴댕이 소갈딱지다. 괜히 심통이 나서 원망할 대상을 찾았다. '배송기사는 물품을 배달하지 않은 상태에서 왜 배송완료라고 했는지', '관리자가 콜을 당기라고 다그치지만 않았어도 성의 있게 확인했을 텐데', '이놈의 회사는 왜 팬클럽 물품까지 팔아서 사람을 피곤하게 하는지'. 그 순간에도 남 탓하기 바쁜 머릿속 생각들까지 원망스러웠다.

짜증이 난 채로 다음 콜을 받았다. 1인당 2매까지만 예매 가능한 공연 티켓을 10매 예매해달라는 고객이었다. 예매 매수 제한은 인터넷예매나 전화예매 모두 동일하게 적용되기 때문에 하나의 ID로는 2매까지만 예매할 수 있다고 안내했다. 고객은 전화예매로는 매수 제한과 관계없이 예매할 수 있다는 안내를 방금 공연 기획사에서 확인했다고 했다.

예매해달라는 고객과 안 된다는 나 사이에 몇 번의 실랑이가 오갔다. 고객은 상기된 목소리로 원칙이 그렇더라도 담당자에게 확인하는 일이 상담원의 의무가 아니냐고 태도를 문제 삼으며 화를 냈다. 별수 없이 담당자에게 문의해보고 연락을 드리겠다고 말했다. 화풀이라도 하듯 키보드를 마구 두드리며 본사 담당자에게 메일을 보냈다.

그런데 얼마 지나지 않아 내가 처리한 일을 관리하는 팀장님이 나를 불렀다. 이미 본사에서 공유한 내용이라며, 특별히 콜센터에서 매수 제한 없이 공연 예매가 가능하다는 업무게시판의 공지를 보여줬다. 요새 공지도 확인 안 하고 대충 일하는 것 같다는 농담을 덧붙이면서.

변명의 여지가 없는 내 실수였지만 제대로 공지하지 않은 관리자에게 화가 났다.

'이런 특이 사항이 있으면 상담원들이 알 수 있게 전체 공지를 해야지, 한 콜 한 콜 받을 때마다 게시판을 검색할 수도 없는데 어찌 알겠어!'

대학 겨울방학 때 동기 여덟 명과 가평으로 놀러간 적이 있다. 진탕 술을 마시고 놀고 있는데, 순간 분위기가 진지해지더니 한 명이 나를 가리키며 "너는 다 괜찮은데 장난이 심해. 그것만 고치면 참 좋겠어"라고 말하는 게 아닌가. 친구들 앞에서 단점을 지적당하니 얼굴이 화끈거렸다. 나는 불같이 응수했다. "네가 고쳐줬으면 하는 점도 내 일부분이고, 그게 싫으면 안 만나면 그만이야. 악의 없는 장난도 받아주지 못하는 친구는 나도 필요 없어"라고. 맘에도 없는 말을 쏟아냈다.

그날 친구의 행동이 그다지 현명한 방법이 아니었는지는 몰라도, 나를 위해서 했던 말임을 뒤늦게 깨달았다. 만약 내가 그때 잘못을 인정하고 고치려고 노력했다면, 그 사이 조금은 달라진 내가 됐을지도 모를 일이다.

잘못을 받아들이는 일이 왜 이렇게 어려울까. 실수를 실수 그 자체로 받아들이지 못하고, 실수하는 나는 쓸모없고 무가치한 존재라고 여기는 비약이 마음에 있는 듯하다. 남에게 인정받으려면 완벽한 사람이어야 한다는 생각에 사로잡혀 있는 걸까. 인정받지 못하고 자란 뒤틀어진 욕구가 나이를 먹고도 해결되지 않아 남의 인정에 목매는 내가 안쓰럽다. 어쩌면 스스로에게 엄격한 잣대를 들이밀고 완벽해지길 바라면서 완벽과는 거리가 먼 나를 미워하고 있었을지도.

누구나 실수할 수 있다. 실수를 받아들이면서 배우는 점이 있다면 그것 또한 나쁘지 않다고 생각한다. 나이를 먹고도 고칠 것 투성이인 내가 부끄럽기도 하지만, 뭐라도 하나씩 고쳐나가다 보면 언젠가는 더 나은 인간이 되지 않을까.

고객의 좌석을
날린다는 건

○
○

    한 달에 서너 번 있는 주말 근무를 하는 날이다.
보통 주말은 관리자가 출근하지 않고 상담원만 일한다. 콜센터
업무에는 상담원이 결정할 수 없는 사항을 판단하는 책임자가
필요한데도, 숙련된 상담원을 주말 선임으로 삼아 관리자 업무
를 대신하게 한다.

    선임상담원은 그날의 응대율* 관리와 상담원들의 문의를 받아
줘야 하고, 민원이나 오류가 발생하면 본사로 연락해서 문제를
해결해야 한다. 혹 주말에 상급자와 통화를 원하는 민원이 발생

---

*   인입호(콜센터로 걸려온 총 전화량. 응답호+포기호=인입호) 대비 응답호(상담원과 연
    결되어 통화를 완료한 전화량)의 비율. 고객사와 콜센터를 운영하는 아웃소싱업체의
    계약 내용에 적정 응대율을 지켜야 한다는 항목이 있다. 응대율이 낮아지면 관리자(팀
    장, 부팀장)들이 몹시 예민해진다.

하면 관리자가 출근하는 월요일에 연락을 드리겠다고 안내하지만, 당장 통화를 원하는 강성 민원이면 선임상담원이 통화해야 한다.

책임과 부담만 주어질 뿐 선임수당이 있는 것도 아니다. 관리자는 주말을 누리고, 선임상담원은 주말에도 출근해 전화를 받으면서 선임 업무까지 해야 하는 현실이다. 응대율이 좋지 않거나, 발생한 문제를 제대로 해결하지 못했을 때 관리자에게 문책을 당하는 것도 선임의 몫이다. 갑자기 큰 공연이 취소되거나, 유명 뮤지컬 배우의 캐스팅이 변경되기라도 하면 그날의 선임은 난리가 난다. 아무리 주말이라도 관리자 없이 상담원들만 일하는 게 이해가 안 됐지만, 내가 입사하기 전부터 암묵적으로 이어온 방식이라서 받아들일 수밖에 없었다. 엄연히 보이는 차별도 이곳에선 별일이 아니었다.

보통 두 달에 한 번쯤 선임이 된다. 나는 11월에 선임을 맡았기에 이번 달은 아닐 줄 알았는데… 웬걸, 불길한 예감은 틀리지 않았다. 소심한 나는 선임 업무를 극도로 싫어한다. 동료 직원에 비해 나만 선임이 자주 되어 팀장에게 따지기도 했고, 선임을 시키려면 그에 맞는 보상을 달라고 패악질을 부린 적도 있다. 이번에도 울컥해서 팀장에게 항의하려다가 따질 기운도 없어 그냥 조용히 넘어가고 싶었다.

선임으로 근무하는 일요일에 총 여덟 명이 출근했고, 나를 제외하곤 입사 6개월이 넘는 상담원이 한 명도 없었다. 게다가 1개월도 안 된 신입이 세 명이었다. 업무에 익숙하지 않은 상담원들이 퍼부을 질문과 하지도 않은 실수를 미리 걱정하며 사무실로 들어섰다. 오전은 의외로 무탈하게 지나갔는데 문제는 오후에 터졌다. 평소에도 콜센터 전화 회선과 콜 연결 프로그램 문제로 상담원이 대기해도 전화가 들어오지 않는 오류가 잦았는데, 갑자기 나를 비롯해 한 명의 콜 프로그램에 문제가 생겼다. 마침 점심시간이라 여섯 명이 전화를 받는 상황에서 두 명마저 전화를 못 받으니, 포기호*가 점점 늘어나 응대율이 급속도로 떨어졌다.

나는 당황해서 팀장에게 보고하고, 콜센터 전산 관리 담당자의 연락처를 받아 통화했다. 어찌저찌해서 1시간 만에 해결을 했는데, 문제는 여기서 끝이 아니었다. 하필 연말 시즌이라 예매

---

* 상담원과 연결되기 전에 끊긴 전화량.

한 티켓을 콜센터로 직접 가지고 와서 취소하는 고객들이 있었다. 평일에는 방문 취소 담당자가 있지만, 주말에는 이것도 선임의 몫이다. 정신이 하나도 없고 긴장을 해서 그런지 머리가 아파 왔다.

그나마 다행은 정신없이 일을 쳐내다 보니 벌써 퇴근을 1시간 앞두고 있다는 점이었다. 선임 업무가 끝나간다며 기뻐하는데 방문 취소고객이 찾아왔다. 그는 배송된 티켓을 봉투도 뜯지 않은 채로 갖고 왔다. 나는 직접 받아 봉투를 뜯고 티켓 2매를 확인했다. 하나의 봉투에 티켓 2매가 들어 있다는 것은 고객이 한번에 두 좌석을 예매했다는 뜻이다. 나는 그중 한 장을 집어 들고 예매번호를 조회한 뒤 모두 취소 처리를 해드렸다. 매뉴얼대로 환불 금액과 환불 소요 기간을 안내하고 고객을 돌려보냈다. 모든 게 다 정리되었다고 느꼈는데 불현듯 찝찝한 기분이 들었다.

혹시나 하는 마음에 확인해보니 고객이 가져온 티켓 2매의 날짜가 각각 달랐다. 나는 24일 티켓 2매를 취소했는데, 고객이 갖고 온 티켓은 24일 1매, 25일 1매였던 것이다. 심장이 철렁 내려앉았다. 우리 회사 예매 시스템으로는 다른 날짜의 티켓을 동시에 예매할 수 없는데 뭔가 이상했다. 분명 하나의 봉투에서 나온 티켓 2매를 취소했는데, 어떻게 날짜가 다른 티켓이 들어가 있었을까. 본사에서 발권을 잘못한 건 아닐지 의심부터 별의별 생각이 다 들었다.

티켓 봉투를 살펴보는데 내 눈을 믿을 수 없었다. 내가 뜯은 쪽 반대편이 칼로 예리하게 잘려 있는 게 아닌가. 원래부터 뜯지 않은 새 봉투가 아니었다. 알고 보니 고객은 24일 2매와 25일 1매를 각각 예매했고, 그중에서 취소할 티켓인 24일 1매와 25일 1매를 한 봉투에 넣어서 갖고 온 것이었다. 나는 그것도 모르고 티켓이 봉투에 같이 들어 있으니 당연히 '24일 2매 취소'로 판단했던 거였고.

그날은 영하 10도. 그해 겨울 들어 가장 추운 날씨였다. 주말에는 사무실 난방이 되지 않아 덜덜 떨면서 일하고 있었는데 갑자기 미친 듯이 땀이 쏟아졌다. 티켓 콜센터에서 가장 신경 쓰고 중요하게 생각하는 부분은 좌석이다. 가격이 같다고 다 같은 좌석이 아니다. 고객은 배우나 가수, 무대가 조금 더 잘 보이는 좌석을 차지하려고 시간을 들이고 비용을 지불한다. 더 좋은 좌석이 나오면 취소수수료를 감수하고서라도 예매한 티켓을 취소하는 고객도 많다. 그래서 이곳의 상담원이 가장 조심해야 하는 업무가 취소다. 만약 고객에게 금전적인 손실을 끼쳤다면 보상할 수 있지만, 취소를 잘못해서 좌석을 날리면 보상할 방법이 전무하다.

실수를 만회하려고 얼른 예매페이지를 확인했지만 역시 좌석은 없었다. 인기 있는 콘서트 티켓이라 취소되자마자 다른 고객에게 돌아간 듯했다. 선임이고 뭐고 당장 벗어나고 싶었지만 잘못은 해결해야 했다. 고객님께 전화를 걸어 무릎 꿇는 심정으로 거듭 사과했다.

5년 동안 이런 실수는 단 한 번도 없어서 자부심을 가졌는데, 오점을 남기고 말았다. 그러니 누가 선임을 연이어 시키냐고, 다 관리자 때문에 이 사달이 났다는 생각에 원망스러웠지만 남 탓만 할 수 없었다. 마지막까지 꼼꼼히 확인해서 취소했으면 전혀 문제 될 일이 아니었으니 다 내 실수고 잘못이다. 크리스마스이브에 기분 좋게 공연을 즐기려는 애꿎은 고객만 봉변을 당했다. 하루 종일 예매페이지를 뒤적이며 좌석을 확인했다. 제발 고객이 예매했던 좌석보다 더 좋은 좌석이 나오길 빌면서….

5년이라는 시간

○
○

스물아홉에서 서른넷이 될 때까지 나의 삶은 전과 달라진 게 없었다. 언제 이렇게 지났나 싶을 정도로 세월이 야속하게 들이닥쳤다. 하루는 입사하던 해 회식에서 찍은 사진 속 앳된 얼굴을 하고 있는 나를 보고 놀랐다. '그래도 5년간 얼굴은 늙었구나' 하는 다행스러운 마음은 무엇이었을까.

5년은 짧은 시간이 아니다. 미혼이었던 누나가 결혼해서 아이 셋의 엄마가 되었고, 친구들도 한 가정의 남편으로 한참 다른 삶을 산다. 그렇다면 나는? 정말이지 나만 아무것도 이룬 게 없는 것 같아 씁쓸한 마음이다.

콜센터 근무는 보통 주 6일, 적어도 한 달에 1,500콜을 받아낸다. 1년이면 1만 8천 콜, 5년이면 9만 콜이다. 엄청난 숫자다. 내가 통화한 고객을 모아놓으면 작은 도시를 이룰 정도니 뿌듯하기도 하고 징그럽기도 하다. 그들에게 나의 에너지를 쏟아부은 탓에 사람을 만나는 일이 무섭고 질려서 집 안에만 틀어박혀 지냈는지도 모르겠다.

세상이 만든 시선에 갇혀 사는 못난 나라서 콜센터에 다닌다는 사실이 부끄러웠다. 주변 사람들에게 작은 회사에 다닌다고 둘러댔다. 나이가 들면 나아질 줄 알았던 당당함은 오히려 심해졌다. 친구들끼리 모이면 주고받는 회사 얘기에 할 말이 없어 술만 들이켜는 시간이 늘었고, 그런 내가 부끄러워 나를 속이고 살았다. 그저 숨만 쉬고 지냈던 시간일지도 모른다. 회사를 마치고 집으로 돌아오면 아무런 의욕도, 에너지도 남아 있지 않았다. 누가 보면 놀랄 만큼 많은 양의 배달음식을 허겁지겁 욱여넣고 예능 프로를 보며 낄낄대다 잠들기 일쑤였다. 그나마 책은 관심을 놓지 않고 일주일에 한 권씩 샀지만 한 달에 한 권 읽을까 말까였다.

반면 인연의 소중함을 느낀 시간이기도 했다. 먼저 연락하기 어려워하는 부족한 나를 고향 친구들이 참 아껴줬다. 외롭고 우울한 시절에 위로가 되어준 보물 같은 친구들을 오래도록 보고 싶다. 전쟁 같았던 엄마와의 사이도 조금은 시들해졌다. 엄마는 자신 있고 대담하고 단단한 아들을 바랐지만 나는 그렇지 못했다. 기대와 다르게 성장하는 나를 못마땅해하는 엄마를 이해할 수 없었다. 우리 사이에는 늘 다툼이 있었고, 사춘기 이후 정점에 달한 갈등은 돌이키기 어려운 감정의 굴곡을 남겼다. 사회생활을 시작한 이후에도 엄마와 깨끗이 회복하지 못했지만, 도망치듯 서울로 올라와 거리를 두면서 서로 부딪치는 일이 줄었다.

지난 5년간 나의 전부였던 콜센터를 막상 떠난다고 마음먹으니, 이곳 밖에서의 모습이 잘 상상되지 않는다. 그 안에 갇혀 살던 시간이 너무 길어서였을까. 아무것도 이루지 못한 채 맞이할 서른다섯이라는 나이가 밉기도 하다. 잘 익어가고 있다고 믿었는데 실제론 썩어가고 있다는 걸 알았을 때의 당혹스러움. 5년 뒤 나는 무엇이 되어 있을까 상상해보다 뭐든 되어 있기만 해도 다행이라는 생각이 든다.

2장

전화기 너머
당신과 나의 이야기

떠나지 못하는
사람들

○
○

2년 전 퇴사한 친했던 선배가 재입사를 한다는 소식을 들었다. 반가운 마음보다는 '왜 굳이 다시 들어오려고 할까'라는 생각이 먼저였다. 선배는 퇴사할 때 팀장과 얼굴을 붉히고 안 좋게 나간 사람이었다(대부분 퇴사자는 좋게 나가는 경우가 드물다).

'남아 있는 사람들이 죽어라고 욕을 하는 여기가 어쩌면 좋은 회사인 걸까?'

'적어도 콜센터 중에서는 나쁜 곳이 아닌 건가?'

'올해 말에 퇴사한다고 동료들에게 떠벌리고 다녀서 소문이 다 났는데, 나도 계속 다니는 건 아니겠지….'

선배가 돌아온다는 소식에 별의별 생각이 다 들었다.

그동안 콜센터를 나간 사람들은 각양각색이다. 싸우고 나간 사람, 질려서 나간 사람, 무단결근으로 나간 사람 등등. 그중 몇 몇은 몇 개월 또는 몇 년 후에 다시 돌아왔다. 마치 연어가 고향을 찾아오듯 이곳에서 삶을 이어간다. 반대로 콜센터를 감히 벗어날 생각조차 못 하는 사람들도 많다. 절반 정도는 5년, 심지어 10년 넘게 다니고 있는 장기근속자가 많고, 나머지 절반은 들어온 지 몇 개월 안 된 신입상담원들이다. 남아 있는 사람들은 지독히 오래 머물고, 신입상담원들은 대부분 6개월을 버티지 못하고 나갔다.

그래서인지 오래 근무한 사람들은 '잘해줘봤자 금방 나가겠지'라는 생각으로 신입상담원들과 거리를 둔다. 콜센터 후기를 보면 상담원들의 텃세가 심하다는 말이 자주 나오는 것도 당연한 결과다. 게다가 장기근속자들은 신입상담원의 실수를 뒤치다꺼리해야 하고, 그들에 비해 고품질 상담을 하면서도 막상 월급은 똑같으니 불만이 생길 수밖에 없다. 그렇다고 신입은 쉬울까. 업무도 익숙지 않은데 선배 대접을 받으려는 몇몇 상담원에게 치여 나름대로 고충이 있을 것이다.

일이 편하거나 급여가 많지도 않고, 장기근속자에게도 배려가 없는 이곳을 우리는, 아니 나는 왜 쉽게 떠나지 못하는 걸까. 1년 넘게 다녔을 때 상담원들이 매 맞는 아내, 매 맞는 남편과 무엇이 다를까 싶었다. 폭력에 시달리는 사람들은 자신을 한없이 무가치하게 여기면서도 굴레를 벗어나지 못한다는데, 내가 그랬다.

　고객들의 폭언, 관리자의 부당한 압박, 나의 가치를 제대로 평가받지 못하는 상황에 계속 노출되다 보니 자존감은 끝없이 낮아진다. 비난의 화살이 자신에게 꽂혀 '나는 여기서밖에 일하지 못하는 사람인가', '이제 와서 날 받아주는 곳은 이곳뿐이겠지'라며 자기 비하의 덫에 빠진다. 심지어 학창 시절에 공부를 열심히 하지 않았기 때문에, 혹은 필사적으로 살지 않았기 때문에 사회에서 이런 취급을 받는 게 당연하다는 생각까지 한다. 이런저런 이유를 대며 스스로를 콜센터 안으로 옭아맨다.

　나를 포함해 오래 일한 사람들은 대부분 30대 중반에서 40대 초반이다. 콜센터에서 일하며 나이는 먹었는데 돈도, 기술도, 능력도 없어 새 출발을 하기엔 두려운 나이. 다른 회사에 입사해 새로운 업무를 익히는 것도 겁나지만, 그럴 기회조차 없는 게 현실이다. 그러니 진상 고객에게 욕을 먹어도, 회사에서 부당한 대우를 받아도 애써 모른 척하며 다니는 거다.

콜센터에 들어온 지 얼마 안 됐을 때, 오래 일한 선배들을 보면 의욕도 생기도 없는 무기력 그 자체였다. 그저 출근해서 전화를 받고 때 되면 퇴근하는 기계 같았다. 속으로 은근히 깔보며 절대 그들처럼 되지 않겠다던 다짐은 어디가고 나 역시 어제와 오늘, 내일이 똑같은 삶을 산다.

상담 업무에 만족하며 고객문의를 해결해주는 것을 보람으로 여기는 사람? 서비스업이 천직이라 공부하고 노력해서 숙련된 상담원이 되기를 바라는 사람? 다른 곳은 몰라도 적어도 내가 아는 이곳에 그런 사람은 없다.

그럼에도
떠나는 사람들

○
○

콜센터에서 퇴사는 특별한 일이 아니다. 처음 맞이한 이별은 입사 동기였다. 내가 입사했을 때는 남자 상담원이 별로 없어서, 같은 남자라는 사실에 동지애를 느낀 친구이기도 했다. 그는 제2금융권에서 채권추심 일을 하다 왔다고 했다. 나와 비슷한 성격은 아니었지만, 둘밖에 없는 동기라 서로 의지하며 한 달을 버텼다.

입사 후 처음 받은 근무 스케줄에는 매주 주말 근무가 포함돼 있었다. 채용공고에는 주 5일 근무가 기본이나, 상황에 따라 한 달에 한두 번쯤 주말 근무를 할 수 있다고 고시했는데, 막상 주말 근무가 너무 많았다. 딱히 주말에 할 일도 없고 돈을 벌 수 있다는 생각에 받아들였는데, 동기는 남들 쉬는 주말까지 나와서 욕먹는 일은 못 하겠다며 바로 그만뒀다.

하나뿐인 동기를 보내고 매일 점심마다 혼자 햄버거로 때우며 외롭던 찰나에 나와 잘 맞을 것 같은 순한 인상의 남자 후배가 입사했다. 후배를 잘 챙기라는 팀장의 지시도 있어서 몇 달 선배인 내가 물심양면으로 콜센터 생활을 도왔다. 둘 다 조용한 성격에 대화도 잘 통해 퇴근하고 술 한잔을 기울일 만큼 친한 형 동생 사이로 지냈다.

우리는 생김새도 비슷해서 형제 같다는 얘기도 많이 들었는데, 조금 다른 구석이 있었다. 나는 물에 물 탄 듯 술에 술 탄 듯 우유부단한 성격이라 이해 안 되는 회사 방침도 그러려니 하고 받아들인다면, 동생은 그렇지 않았다. 콜센터와 고객사의 부당한 시스템을 이해하지 못해 팀장에게 불만 제기를 자주 했다. 결국 친했던 동생마저 입사한 지 6개월 만에 그만뒀다. 들고 나는 일이 비일비재한 곳이지만 끝내 익숙하지 않은 이별이었다.

우리 콜센터에서 이별을 가장 많이 경험하는 때는 신입상담원들이 들어오고 내가 '서포터'를 맡아 일할 때다. 신입상담원에게 이론 교육을 하는 강사는 있지만, 워낙 작은 규모라 처음 전화를 받을 때 상담을 도와주며 일을 가르치는 사수는 없다. 대신 '서포터'라고 해서 1년 이상 근무한 상담원이 신입상담원 네다

섯 명을 책임지고 상담 실무를 돕는다.

업무가 익숙하지 않은 상태에서 민원 고객이라도 걸리면 못 하겠다고 그만두는 신입상담원들이 이 시기에 속출한다. 오전에는 전화를 잘 받는 것 같았는데, 점심시간이 지나고 말없이 집에 가버리는 일도 있다. 서포터 기간은 3주 남짓인데, 하루하루 지날수록 빈자리가 늘어간다. 무사히 잘 따라준 신입들은 괜히 내가 키운 자식 같아서 좀 더 마음이 가는 탓에 잘해주지만, 어느 순간 그들도 말없이 퇴사한다. 열 명이 들어오면 6개월 다니는 사람은 한두 명 정도다.

회사가 시켜 억지로 떠맡은 서포터 업무지만, 신입상담원들이 힘들어하는 모습을 보면 나도 모르게 안쓰러운 마음이 커진다. 애써 가르친 신입이 한마디 말도 없이 그만두면 처음에는 섭섭하고 괘씸했지만 이제는 아무렇지도 않다. 이별에도 내성이 생겼는지 신입사원이 들어와도 시큰둥하고, 먼저 벽을 쌓는다. 참 쓸쓸하다.

3년을 근무하고 퇴사하는 동료가 있다. 마지막 근무일에도 떠나는 그녀를 위한 시간이 콜센터에는 없다. 친했던 동료 몇몇이 퇴사 축하 인사를 건네는 게 전부다. 마지막 콜에 골치 아픈 민원이 걸린 나는 작별 인사도 전하지 못했다.

월요일에 비워진 자리를 보며 그제야 그녀의 퇴사를 아는 직원이 더 많을 것이다. 익숙한 현실이다. 내가 떠나도 아무 일도 벌어지지 않겠지. 금세 다른 이가 내 자리를 채우고 나라는 존재는 까맣게 잊힐 것이다. 떠나는 사람에게 최소한의 배려와 예의가 없는 회사라고 생각했는데, 막상 퇴사를 앞두고 보니 그렇게 떠나는 것도 나쁘지 않겠다는 생각이 든다. 아무런 흔적을 남기지 않고, 아무도 슬퍼하거나 그리워하지 않는 깨끗한 이별.

제가 진상인가요?

○
○

콜센터 상담원은 수화기 너머로 별의별 사람을 다 만난다. 신입 때는 소위 진상 고객과 통화를 끝내고도 진정이 안 돼 손을 덜덜 떤 적도 있고, 잠을 자려고 누웠는데 비수에 꽂힌 말이 생각나 밤잠을 설치기도 했다. 몇 년 다니다 보니 진상에 대한 역치가 높아져 웬만한 말에는 눈도 깜박이지 않는다. 그런 고객을 만나면 크게 심호흡을 하거나 욕 한 번 시원하게 하고 다음 전화를 받으면 그만이다. 가끔은 감정의 한계치가 극에 달할 정도로 상처를 주는 고객을 만날 때도 있지만.

배송받은 공연 티켓을 분실한 고객의 전화를 받았다. 실물 티켓은 분실하거나 훼손하면 공연 관람, 재발권, 취소 및 환불이 모두 불가하다. 쉽게 말해 현금을 잃어버린 것과 같다. 보통 티켓을 분실해서 콜센터로 연락한 고객들은 크게 세 가지 유형으로 나뉜다. 알겠다고 받아들이거나, 관람하게 해달라고 사정을 하거나, 종이 쪼가리 하나 잃어버린 것인데 왜 관람이 안 되느냐고 화를 내는 유형이다. '분실'에 관한 사항이 예매페이지 및 예매 유의사항에 고지되고, 요새는 고객들도 티켓 분실 시 관람이 불가하다는 점을 숙지해 차분히 안내드리면 알겠다고 끊는 고객이 대부분이다.

그런데 이 고객은 티켓 분실은 본인의 잘못이고, 소비자원으로 민원을 제기해도 구제받을 수 없는 상황을 알고 있음에도 어떻게든 콜센터 안에서 해결하려고 했다. 예매페이지 안내 글귀 하나하나에 꼬투리를 잡더니 무슨 수를 써서라도 자신이 원하는 답을 얻으려고 30분 동안이나 앞뒤가 안 맞는 말을 하기 시작했다. 처음에는 어머니가 실수로 티켓을 버렸다더니 나중에는 티켓을 배송받았다는 증거가 어디 있느냐고 생떼를 썼다. 끝에 가서는 나도 지쳐서 그렇게 똑똑하신 분이 티켓은 왜 잃어버리셨냐는 말이 목구멍까지 차올랐다. 화룡점정으로 그 고객은 "제가 진상인가요? 억지 부리는 거 아니잖아요"라고 되물었다. 지금까지의 경험으로 나는 안다. "제가 진상인가요?"를 묻는 고객은 대다수 그렇다는 것을.

진상 고객은 상담원이 말실수하기만을 기다린다. 말실수를 하지 않으려고 통화 내내 긴장했던 탓에 전화를 끊자마자 머리가 깨질 듯이 아팠다. 이해의 한계를 넘어선 고객을 만나면 도대체 실생활에서는 어떤 모습일지 궁금해지는데, 이 고객은 그런 생각조차 들지 않았다. 그야말로 진상 중에 진상, 질리고 지긋지긋하다.

10만 원이 넘는 티켓 2장을 버리게 생겼으니, 화가 나고 답답한 마음은 충분히 이해된다. 콜센터의 뻔한 답변과 이해할 수 없는 규정에 화를 내고 거친 말이 나오는 것도 괜찮다. 하지만 수화기 너머의 상담원도 인격이 있는 존재임을 잊은 고객을 상대하는 일은 몇 번을 겪어도 나를 작아지게 한다.

밝은 목소리로 "안녕하십니까, 고객님"이라고 인사하며 전화를 받는 순간에도 혹시 상대방이 어마어마한 진상이 아닐까 하는 생각에 두려워진다. 일부 진상 고객의 폭언과 신경질 앞에 무방비 상태로 놓인 상담원이 참으로 외롭다는 생각이 든다. 입사 1~2년 차에는 진상 고객을 만나면 동료들과 수다를 떨며 털어냈지만 그마저도 열정이 남아 있을 때 이야기다. 마음에 돌덩이가 내려앉은 것처럼 무거워지면 얼른 집에 가서 쉬고 싶다.

온갖 사람을 상대하며 멘탈이 강해진 게 아니라, 상처 입은 마음을 스스로 마주하기 힘들어 회피하는지도 모른다. 그럴 때마다 '이 또한 지나가리라'는 주문을 외워보지만 다친 마음을 추스르는 일은 매번 고달프다.

그들은 왜
괴물이 되었을까

○
○

　얼마 전 인터넷에서 대형마트 직원이 쓴 진상 고객 이야기를 봤다. 한참을 고아 먹고 구멍이 송송 난 사골을 불량이라며 환불해달라는 고객, 윗동과 아랫동을 잘라 제사 지낸 수박을 맛없다며 반품한 손님, 초여름에 산 수영복을 변색이 되도록 입어놓고 여름이 다 지나서 환불해달라는 사람까지. 정말 별별 인간들이 다 있다. 더 놀라운 것은 저런 고객 대부분이 환불을 받았다는 사실이다.
　대형마트 사례와 비슷하게 내가 일하는 콜센터도 황당한 진상은 얼마든지 있다. 어린이 뮤지컬은 공연 중간에 배우가 객석으로 내려와 일부 관객의 손을 잡아주고 하이파이브도 해주는데, 자신의 아이는 팬서비스를 받지 못해 대성통곡을 하고 있으니 환불을 해주거나 초대권을 달라는 고객, 공연 초대 이벤트에 아무리 응모를 해도 당첨되지 않자 회사가 자신을 농락한다며 초대권을 내놓으라는 고객, 스스로 비밀번호를 틀려놓고 누군가 티켓을 가로채려고 해킹하는 것 같다며 1시간 넘게 나를 괴롭힌 고객….

'목소리 큰 놈이 이긴다', '가만히 있으면 가마니로 본다'는 말이 진리임을 콜센터를 다니며 깨달았다. 터무니없는 고객의 요구를 모두 들어주진 않지만, 조금이라도 트집 잡을 구실을 만들어 진상을 부리는 고객이 하나라도 더 얻어간다.

간혹 배송 중인 티켓이 고객의 부주의로 반송될 때가 있다. 이사 가기 전의 주소를 적거나 매일 직장에 출근하는데 자택으로 수령지를 입력한 경우, 해외 출장이나 여행을 가서 티켓을 받지 못하는 등의 이유다. 티켓이 반송된 사실을 알고 콜센터로 연락한 고객에게 "배송기사가 연락을 드렸지만 연결되지 않고, 자택에도 방문했으나 부재중이라 티켓이 반송되었습니다. 재배송을 원하시면 배송비를 다시 부담하셔야 하며, 공연 당일 현장 수령으로 변경도 가능합니다"라고 안내한다. 대부분은 알겠다고 수긍하지만, 일부는 배송비가 아깝거나 현장 수령이 번거로워서, 타인에게 선물할 티켓이라고 억지를 부리기도 한다.

"직장에서 일하고 있는데 전화를 못 받을 수도 있죠. 배송기사는 문자 보낼 줄 모르나요? 요새 택배나 등기는 방문 전에 문자를 보내던데, 여기는 시스템이 왜 그래요? 배송비 2,500원만큼의 서비스를 못 받았으니 당장 재배송을 해주거나 현장 수령할 테니 배송비 환불해주세요", "전화를 몇 번 했는데요? 고객이 티켓을 못 받았으면 전화받을 때까지 계속 시도를 했어야 하는 거 아닌가요?", "요새 누가 모르는 번호로 걸려온 전화를 받습니까? 얼마나 무서운 세상인데. 문자로 내가 받을 수 있는 시간을 정하고 방문했어야 하는 거 아닙니까?".

아무리 이유를 설명해도 끝까지 꼬투리를 잡으며 주장을 굽히지 않는다. 콜센터 팀장부터 본사의 배송 담당자, 심지어 사장과 통화를 연결해달라며 민원을 걸고, 배송업체의 사과 전화와 정신적 피해보상을 요구하며 상담원을 괴롭히기도 한다.

이럴 땐 콜센터 관리자나 본사 담당자에게 문의할 수밖에 없다. 당연히 "도움을 드리기 어렵다"라는 말이 돌아와야 하는데, 놀랍게도 고객이 원하는 대로 해결이 된다.

왜 이런 어처구니없는 일이 벌어지는 걸까. 우선 기업에서 악성 고객을 대하는 태도가 잘못됐다. 콜센터는 일이 커져서 본사로 넘어가지 않기를 바라고, 본사는 콜센터 내에서 조용히 처리되길 원한다. 최대한 상담원이 진상을 막아내다가 도저히 감당 안 되는 고객을 만나면 본사나 콜센터에서 대충 원하는 바를 들어주고 끝내버린다. 비상식적인 고객과 싸우며 시간과 에너지를 쏟는 것보다, 적은 금액으로 보상을 하고 조용히 시키는 편이 낫다는 생각에서다. 이런 대응은 잠재적인 진상을 더 키울 뿐이다. 진상의 힘으로 승리를 경험한 자는 더 큰 진상으로 돌아오고, 그때마다 상담원은 최전선에서 총알받이가 된다.

콜센터의 구조적인 문제도 한몫한다. 대부분의 기업은 콜센터를 직접 운영하지 않고, 전문 아웃소싱업체에 맡긴다. 외주화가 어쩔 수 없는 업계의 흐름이라고 하더라도 기업에서 아웃소싱업체를 평가하는 기준은 분명 잘못되었다.

기업은 최소한의 비용으로 최대한의 응대율을 달성하는 것밖에 관심이 없다. 자연스럽게 콜센터를 운영하는 아웃소싱업체도 응대율에만 목을 매고, 상담원을 콜받는 기계로 취급한다. 그들은 상담원이 진상 고객 1명을 응대하는 시간에 포기호가 발생하는 상황을 용납하지 않는다. 당장의 응대율을 올리는 데만 집착해서, "싸우지 말고 그냥 적립금 준다고 해. 콜 밀리는데 빨리 받아야 할 거 아니야"라는 결론이 난다. 역시 진상 고객은 승리를 거

머쭌다.

혹시라도 이 글을 보고 상담원에게 진상을 부리면 원하는 것을 얻어낼 수 있다고 생각하는 이들이 있을까 염려스럽다. 기업의 잘못된 대처는 평범한 소비자들에게 '가만히 있으면 바보 되는 거네, 나도 다음에는 하나하나 꼬투리 잡으면서 얻어내야지'라는 잘못된 생각을 심어주고, 진상 짓을 독려하는 꼴이다. 언론에서 블랙컨슈머의 횡포로 기업이 피해를 본다는 사례를 종종 접한다. 자신들이 만든 진상으로 고스란히 피해를 받는 악순환이 더 이상 일어나지 않기를.

진상 보고서

...

씨×, 미친×, 개××야! 죽여버린다! : 욕설형

"야 이, 씨××아. 그따위 대답밖에 못 해? 거기 앉아서 돈 버는 게 쉽지, 미친×아. 너 오늘 잘 걸렸다. 나한테 욕 좀 먹어봐 개××야!"

얼굴 한 번 본 적 없는 고객에게 이런 말을 들으면 어떤 기분이 들까. 더군다나 내 잘못도 아니고, 그에게 아무런 맞대응도 할 수 없다면. 당황스럽다가 화가 나고 결국엔 비참해진다. 고객이 어떤 불편을 겪었든 상담원에게 욕을 하는 행위는 정당화될 수 없다. 다행히 요즘은 욕설하는 고객에게 상담이 어렵다는 경고를 할 수 있고, 세 번 이상 욕설을 하면 상담원이 통화를 종료할 수 있다.

• • •

목소리가 섹시하시네요~ : 성희롱형

중년의 고객이 남자배우들의 노출이 포함된 공연을 두고 "근데 이 공연 어디까지 벗나요? 다 나오나요?"라고 물었다. 당황한 나는 "공연을 직접 관람해보지 않아 알지 못합니다" 하고 황급히 통화를 종료했다. 성희롱인지 공연문의인지 헷갈려 기분이 썩 좋지 않았다.

세계 각국에서 참가하는 스포츠 경기 예매를 돕는 중에 고객이 갑자기 "○○ 나라 남자 거기는 몇 센티미터에요? 엄청 크다고 하던데… 맞나요?"라고 질문했다. 그는 유사한 발언을 서슴지 않으며 20분 넘게 통화를 끌었다. 지금 같았으면 상담이 어렵다고 안내하고 바로 끊었을 텐데, 당시엔 신입이라 쩔쩔매며 "말씀하신 내용은 답변이 어렵습니다"라는 안내만 반복할 뿐이었다.

사회 분위기와 사람들의 인식이 변화하면서 성희롱형 고객이 많이 줄긴 했지만, 여전히 상담원 목소리가 섹시하다, 얼굴이 예쁠 것 같다 등 성희롱 발언을 하는 고객이 있다.

...

너 일하는 데가 어디야, 내가 찾아간다! : 협박형

"너 내 얼굴 보고도 그렇게 말할 수 있을 것 같아?", "찾아가서 내 앞에 무릎 꿇게 할 거야!", "야구방망이 들고 찾아간다!", "콜센터 주소 문자로 보내. 내가 찾아가서 불 질러버린다".

과격한 성향의 고객이 자신이 원하는 대로 문제가 해결되지 않을 때 하는 말이다.

지금까지 들은 말 중에 가장 무서운 말은 "사시미 칼 가지고 가서 찔러 죽이고 창자를 다 ×××…!!"였다. 말로만 들었는데도 소름이 끼칠 정도로 섬뜩했다. 혹시라도 퇴근길에 칼을 들고 기다리는 사람을 마주치면 어쩌지, 염산 테러를 당하는 게 아닐까 두렵기도 했다. 사실 99퍼센트는 말뿐이지만, 일부 행동력 있는 사람은 진짜 찾아오기도 한다.

...

그러니까 네가 거기서 전화나 받고 있는 거야 : 무시형

무시하는 뉘앙스로 말하는 고객은 있어도, 대놓고 상담원을 비하하는 고객은 드물다. 지금까지 딱 한 번, 나보다 7~8살쯤 어린 고객에게 "그러니까 네가 그따위 일을 하면서 나한테 욕이나

먹고 있는 거야. 평생 그렇게 살아라!"라는 말을 들었다. 자랑스럽지는 않아도 정정당당하게 일하고 있다고 생각했는데, 무시를 당하니 눈물이 왈칵 차올랐다. "대학 안 나왔지, 공부 더럽게 못했지? 그러니까 나이 처먹고 전화나 받고 있지!"라고 말하는 고객도 있다. 자신의 무식함과 천박함을 드러내는 꼴이지만 막상 그 말을 들으면 비참하지 않을 상담원은 없을 것이다. 상담원에겐 욕설보다 더 큰 상처가 되는 말이다.

• • •

사장(팀장, 윗사람) 바꿔! : 상급자 바꿔형

자신의 요구사항이 먹히지 않을 때 "팀장 바꿔! 대표이사 바꿔!!"라며 소리 지르는 고객이 많다. 상담원이 고객에게 이해하기 어려운 안내를 드릴 때 책임자와 통화를 원하는 것은 이해할 수 있다. 다만 기업이 제공한 상품이나 서비스에 전혀 문제가 없는데도 상담원을 위협하려고 윗사람을 찾는 고객은 정말 싫다. 가끔은 윗사람이 아니라 "남자(여자) 상담원 바꿔!"라고 말하기도 한다.

...

지금 뭐라고 하셨어요? 말실수 인정하시죠? : 꼬투리 잡기형

말도 안 되는 트집을 잡으며 상담원을 괴롭히는 유형이다. 전혀 문제가 없음에도 예매페이지, 취소 및 환불 규정, 이용약관에 기재된 단어 하나, 글자 색, 글자 크기 등이 잘못되었다고 시비를 건다. 자신의 실수를 인정하지 않고 조금도 손해를 보지 않으려고 억지를 부린다.

이런 고객과 통화할 때는 단어 사용이나 말투에 평소보다 더 유의해야 한다. 본인 실수가 명백해도 상담원이 조금이라도 잘못된 안내를 하거나 불친절하게 응대하면 상담 태도를 문제 삼으며 잘못을 뒤집어씌운다. 통화하기 정말 피곤한 유형이다. 이 유형에는 의외로 상담 일을 하는 사람들도 있다.

...

규정이고 정책이고 난 몰라! : 우기기형

조금 하수의 진상 유형이다. 요즘 같은 시대에 무논리로 진상을 부리는 모습이 신선하게 느껴지기도 하다. 취소가 불가한 점, 취소수수료가 부과되는 이유를 차근차근 안내해도 "난 그런 거 몰라. 절대 수수료 못 내니까 그냥 취소해줘!"라며 억지를 쓴다.

보통 제풀에 지쳐 "내가 다시 여기 이용하나 봐라!" 하고 전화를 끊지만, 끈질긴 진상한테 걸리면 귀가 따갑도록 수화기를 붙잡고 있어야 한다.

...

너 내가 누군지 알아? : 자기 PR형

기업이나 상담원에게 불이익을 줄 수 있다는 자신의 영향력을 과시하며 원하는 바를 얻고자 하는 유형이다. "너 내가 뭐 하는 사람인 줄 알아?"라고 대놓고 말하는 사람부터 "지금 말씀 후회 안 하시죠? 전 이러이러한 사람인데 크게 잘못하고 계신 거예요. 회사에도 좋을 거 없을 텐데 다시 확인해보시죠?"라며 은근한 협박을 하기도 한다. 처음에는 나 때문에 회사에 불이익이 생기는 게 아닐까 겁먹은 적도 있지만 5년 내공이 쌓이면 이런 고객은 별로 무섭지 않다.

...

순 날강도 아니야? 생때같은 내 돈을! : 구두쇠형

통화가 연결되자마자 통화비가 아깝다며 자신에게 전화를 하라는 고객이 있다. 다른 곳은 모르지만 우리 콜센터에서는 이런 고객에게 전화를 거는 일은 지양하는데, 그러면 갑자기 "전화가 잘 안 들리는데요, 저한테 전화 좀 주시겠어요?"라며 연기를 한다.

기업의 잘못으로 명백히 손해를 봤다면 적은 금액이라도 보상받는 게 맞지만, 엄연히 자신의 잘못임에도 조금도 손해를 보지 않으려고 억지를 부리는 고객도 있다. 수수료 천 원, 배송비 2,500원이 아까워 막말에 협박, 거짓말까지 하는 고객을 보면 갑갑하다.

"아니, 내가 돈 천 원이 아까워서 그러겠어요?", "2,500원 때문이 아니라 기분이 나빠서 그래요." 그들이 항상 하는 말이다. 하지만 우리 모두 돈이 아까워서 하는 행동이라는 걸 잘 알고 있다.

콜센터 일을 경험한 이들에게 '콜센터' 하면 연상되는 단어를 물으면 '진상'이라는 답이 가장 많을 것이다. 소비자의 권리를 침해당했을 때 불만을 제기하고 정당한 보상을 요구하는 고객은 현명한 소비자다. 하지만 '진상'은 상식의 범위를 넘어 상담원을 괴롭히는 일부 비정상적인 사람이다. 상담원으로 일하며 아무리 고객을 이해하려 해도 한계를 넘어선 진상을 며칠에 한 번씩은 만난다. 상담원이 눈물을 쏟는 대부분의 원인도 진상 고객들이다. 안타깝게도 현 시스템은 상담원이라는 이유로 폭언과 무례함을 견딜 수밖에 없는 구조다.

진상 고객에게 괴롭힘을 당하는 일이 상담원으로서 당연히 감수해야 하는 것인지 고민해봤지만, 역시 아니다. 콜센터에서 일하면 어쩔 수 없이 진상을 만난다고 들었지만, 그들의 말로 인간의 존엄성을 위협받는 일이 상담원의 책무라고 생각하지 않는다. 상담원은 죄인이 아니다. 누구에게도 타인의 마음을 짓밟을 권리는 없다.

잊지 못할
추석 덕담

○

티켓 콜센터는 추석 연휴에도 돌아간다. 365일 쉬는 날이 없기 때문에 휴일 근무를 피할 수 없다. 추석, 설 연휴의 전화량은 평일보다 많이 줄지만 소수의 상담원만 출근하기 때문에 하루에 받는 콜 수는 평소와 별다르지 않다.

추석을 하루 앞둔 날, 여느 때처럼 출근해서 전화를 받는데 조짐이 좋지 않았다. 취소마감시간이 지난 티켓을 취소해달라거나, 느닷없이 짜증을 내고 말도 안 되는 이유로 시비를 거는 고객들이 연이었다.

고상한 목소리의 중년 고객은 인터넷으로 예매하는데 할인 적용이 안 된다고 했다. 확인한 결과 오류가 맞아 본사로 문의를 넣었다. 당직 근무 중인 본사 담당자는 추석 연휴라 당장은 오류 수정이 어렵다며 모바일 환경에서는 할인 적용이 가능하니 모바일예매를 권유하라는 답을 보내왔다.

고객에게 내용을 전달하자 생각지도 못한 고함이 터져 나왔다.

"스마트폰 사용 안 한다고! 못한다고!!!"

당황한 나머지 말문이 막혔지만, 내가 누군가! 여기서 5년을 버틴 베테랑 상담원이다. 죄송한 마음을 담아 정중히 말씀드렸다.

"불편을 드려 정말 죄송합니다. 공교롭게도 연휴 기간이라 오류 수정이 바로 어렵습니다. 괜찮으시다면 가족분이나 지인분의 스마트폰으로 예매를 하시는 것은 어려우실까요?"

다시 한번 돌고래가 소환됐다.

"아무도 없다고! 나 혼자 예매해야 한다고!!!"

어쩌겠나. 반박할 수 없는 우리의 잘못이다. 본사 당직자에게 해당 할인을 전화예매 시에도 적용할 수 있도록 수정을 요청하고, 가까스로 문제를 해결했다. 고객은 그제야 오늘이 추석임을 깨달은 듯 처음의 고상한 목소리로 "명절 잘 보내세요"라고 인사했다. 나도 "즐거운 한가위 되세요"라고 답례를 해야 했지만 도저히 입이 안 떨어져 "네… 감사합니다"라고 말끝을 흐렸다.

고객이 나를 괴롭히려고 했다거나, 괜히 화가 나서 스마트폰을 사용하지 않는다고 말한 것이라 생각하지 않는다. 아무리 그렇다고 다짜고짜 고함을 지르며 자신의 감정을 곧이곧대로 드러내야 했을까. 스마트폰 사용이 어렵다고만 얘기했어도 같은 방법으로 처리해드렸을 것이다. 평소에도 이런 일은 부지기수지만 오늘은 한가위였다. 엄마한테 혼나는 것도 상황에 따라 다르게 느껴지는 법이고, 생일처럼 좋은 날에 욕을 먹으면 특히 억울하고. '더도 말고 덜도 말고 한가위만 같아라'는 명절에 따뜻한 덕담은커녕 난데없는 욕을 먹었으니 속이 쓰렸다.

평소처럼 집어삼키면 그만인 일에 명절을 빌미 삼아 왜 그리 예민해졌을까. 추석이라고 해서 미혼인 내가 딱히 다르게 보낼 일도 없는 날인데. 기혼, 전세 또는 자가, 안정된 직장, 적당한 재산… 사회가 요구하는 30대 중반의 모습이 나에게 없어서일까. 명절이면 내 처지가 뚜렷해진다. 아마도 그래서 마음에 여유가 없나 보다. 주위의 잔소리를 피해 차라리 일하러 나오는 게 편할 정도니까.

자존심 따위는
다 버린 줄 알았는데

○
○

    콜센터에서 가장 많이 사용하는 말은 "죄송합니다"이다. 세어보지는 않았지만 적어도 하루에 몇십 번은 쓰는 듯하다. 회사, 본사 담당자, 기획사 직원의 잘못을 대신 사과하는 일은 아무렇지도 않다. 내가 소속된 회사가 고객에게 불편을 끼쳤다면 상담원으로서 당연히 사과해야 할 일이다. 그런데 회사의 잘못도 없고 고객에게 눈곱만큼도 미안한 마음이 들지 않는 상황에서 억지로 "죄송합니다"라는 말을 건네는 일은 고역에 가깝다.

    업무를 시작하고 나서 얼마 지나지 않았을 때였다. 통화가 연결되자마자 고객은 얘기가 길어질 것 같다며 자기에게 전화를 달라고 했다. 앞서 말했듯이 이런 상황에서 고객에게 바로 전화하는 것을 금하는지라 문의 내용을 말씀해주시면 안내드리겠다고 대응했다. 고객은 격앙된 목소리로 예매한 스포츠 경기 티켓이 계속 취소되지 않는다며 통화비용을 부담하고 싶지 않으니 당장 자신에게 전화를 하라고 요구했다.

이럴 때 발휘되는 게 5년 차 상담원의 융통성이다. 목소리만으로 '진상 고객'임을 알아채는 것. 예외로 고객에게 전화를 걸었다. 확인해보니 취소마감기한을 지난 후라 취소가 안 됐던 거였다. 이제 나는 그다음도 예상할 수 있다. 경기 시간이 아직 남아 있는데 왜 취소가 안 되냐며 화를 내는 고객의 대답이 등장할 차례. 충분히 취소할 수 없는 이유를 설명해도 막무가내였다. 고객은 진상을 부리기로 작정한 사람처럼 관리자를 바꾸라며 노발대발이었다.

민원통화를 담당하는 직원이 따로 없는 콜센터에서는 팀장과 부팀장이 그 일을 맡아 한다. 관리자 업무와 동시에 민원통화 처리까지 해야 해서 부담스러운 일이니만큼 상담원 선에서 주의하는 편이다. 이번에도 고객에게 관리자와 통화를 해도 해결될 문제가 아니라고 안내했지만, 고객은 내 말을 들을 생각이 없어 보였다. 태도를 문제 삼기 시작한 고객을 상대하며 더 골치 아파지기 전에 하는 수 없이 민원통화를 접수했다.

점심시간에 동료에게 실컷 한풀이를 하고 사무실로 돌아왔는데, 부팀장에게 메시지가 와 있었다. 고객이 취소 불가한 점은 받아들였지만, 이제는 나의 사과 전화를 원한다는 것이었다. '사과 전화'라는 말에 눈에서 불이 일었다.

싫은 소리를 못하는 나도 더 이상 참을 수 없는 지점이 있다면 지금이라고 할 만큼 머리끝까지 화가 났다. 부팀장에게 또박또박 따지기 시작했다. 정해진 프로세스에 맞게 상담을 했는데 그게 잘못이라고 한다면, 그걸 만든 사람의 잘못이지 왜 내 잘못이 돼야 하냐고. 부팀장이라면 상담원을 보호하는 역할도 해야 하는 것 아니냐고 되물었다. 부팀장은 연거푸 미안하다고 하며 사과 전화를 부탁했다. 나는 순순히 전화하기 싫은 마음에, 고객한테 전화는 하겠지만 기분이 너무 상해서 통화를 좋게 끝낼 수 있을지는 모르겠다고 쏘아붙이고 나서야 자리로 돌아왔다.

한동안 이어진 고객의 막말을 숨죽인 채 들었고, 마침내 고객의 말이 끊겼을 때 사과를 했다. 고객에게 전화를 걸기 전에는 마음에 없는 사과를 하다가 억울한 마음에 눈물이 터져 나오면 어쩌나 걱정을 했는데, 막상 험한 소리를 듣고도 이상할 정도로 아무렇지 않았다.

정신없이 일하며 잠시 잊었는데 퇴근길에 하나둘 내가 한 행동이 떠올랐다.

'마지막 자존심이 꺾였구나.'

고객이 진상을 부린다고 머리를 숙이고 사과하는 짓은 죽어도 하지 않겠다고 했는데. 사실 부팀장에게 했던 날카로운 말은 내 자존심을 꺾을 때 새어 나온 비명 같은 것이었다. 내키지 않는 사과를 하면서도 이상하리만치 평온했던 건 자존심을 꺾으며 얻은 비겁한 대가였을까.

평소 같지 않은 분노와 이상하리만치 평온한 감정을 동시에 겪으니 마음이 허하고 쓸쓸하다. 텅 비어버린 마음을 무엇으로 채워야 하나. 부팀장에게 죽어도 통화를 못 하겠다고 생떼를 썼어야 했나. 아니면 고객에게 나는 잘못한 게 없고, 위에서 전화하라고 해서 한 거라고 뻗대며 한판 붙어 일을 크게 만들어야 했을까.

나는 담이 크지 못해 절대 그러지 못했을 거다. 이곳에서 자존심 따위는 저 멀리 던져버리고 원래 없던 것처럼 잊고 사는 게 정답이려나. 비록 상담원 박주운의 자존심은 꺾이고 부러졌지만, 인간 박주운의 자존심은 아직 여기에 이렇게 남아 있다고 위로를 해야 할까. 어디에 물어봐야 할지 모를 질문들이 수없이 쏟아졌다.

그들은 지금 어디에

○
○

5년간 같이 일한 직원은 몇 명이나 될까. 회사 메신저 외에 보조용으로 사용하는 외부 메신저를 합해 친구 목록을 확인해보니 백오십 명이다. 당연히 '퇴사 그룹'의 친구 수가 훨씬 많다. 금방 퇴사한 사람들은 친구 추가를 하지 않았으니, 그들까지 포함하면 못해도 오백 명쯤은 될 것이다. 직원이 서른 명 정도인 작은 규모의 콜센터를 감안하면 엄청난 숫자다.

지식이 많거나 기술이 있어야 할 수 있는 일이 아니라서 누구나 쉽게 들어오지만, 고객을 응대하는 일은 누구나 쉽게 할 수 없다. 거기다 급여도 높지 않고, 회사 분위기도 좋지 않으니 금방 그만두는 직원이 많다. 어제 봤던 직원이 오늘이면 사라지고, 신입들이 우르르 몰려오는 걸 보면 여기가 회사인지 시장통인지 헷갈린다. 구직자가 피해야 할 곳이 채용공고를 자주 올리는 회사라는데, 틀린 말은 아닌 듯하다.

콜센터에 오가는 사람이 많다 보니 별난 사람도 많다. 진상 고객 못지않은 진상 상담원도 있다. 어느 콜센터나 전설처럼 내려오는 일화는 대부분 몹쓸 고객에 관한 것이겠지만, 나는 함께 일한 상담원들이 더 기억에 남는다.

콜이 많아 통화대기가 10분 가까이 길어진 날이었다. 왜 이렇게 전화를 안 받느냐고 소리를 지르는 고객에게 "저는 지금 바로 받았습니다만?"이라고 대답해서 고객의 말문을 막은 상담원이 있다. 또 취소수수료를 못 내겠다는 고객이 도대체 수수료는 누가 만든 것이냐고 묻자 한 치의 망설임도 없이 "저희 콜센터 ○○○ 팀장님이 만들었습니다"라고 대답해 동료들을 기함시킨 상담원도 있다. 심지어 ○○○는 팀장이 아니고 선임상담원이었다. 또 다른 상담원은 고객에게 메모 내용을 그대로 복사해서 문자를 발송하는 바람에 '민원 아줌마'라고 써놓은 부분까지 들어간 일도 있다. 돌이켜보면 웃긴 에피소드인데 당시에는 정신이 아찔해질 만큼 큰일이었다.

심각하게 일을 못해 오래도록 이름이 남은 상담원도 있다. 아무리 관리자가 기본적인 업무를 교육해도 잘 이해하지 못하는 부류다. 이런 상담원들은 고객문의를 직접 해결하지 못해 뒤치다꺼리를 해주는 일이 빈번해 업무에 방해만 된다. 그만하면 다행이지만 고객이 민원통화를 요청하며 상담원 교육이 필요한 것 아니냐고 따지는 일도 있다. 때때로 금전적 보상이 발생하는 실수라도 일으키면 그 피해는 오로지 회사 몫이다.

일을 하다 보면 당연히 모르는 점이 생기기 마련이다. 그러면 직접 테스트를 해보거나, 관리자나 본사 담당자에게 물어보고 답을 받아 안내해야 한다. 하지만 그들은 이 과정을 매번 귀찮아했고, 제대로 확인하지 않은 내용을 대충 얼버무리는 경우가 많았다.

때론 고객의 상황에 공감하는 능력이 부족해 보이기도 했다. 나 역시 일에 지쳐 고객의 문제를 내 일처럼 생각하기는 쉽지 않지만, 고객을 두 번 세 번 불편하게 해서는 안 된다는 최소한의 의무감은 가지고 일한다.

그들이 대충 상담한 고객의 전화가 다시 내게 연결되어 터져나오는 불만을 들으면 짜증이 날 수밖에 없다. 그러다가도 관리자나 주위 선배에게 크게 혼나는 모습을 보면 또 안쓰럽다. 그들을 보고 있으면 마음이 복잡했다. 앞에서는 친절하고 뒤에서는 욕을 하며 안쓰럽다가 미워하는 일을 반복했다. 지금 생각하면 진짜 고약한 건 가면을 쓴 나였다.

어쩌면 회사 입장에서는 진상 고객보다 진상 상담원이 더 힘든 존재다. 진상 고객이야 한 번 고생하면 되지만, 진상 상담원은 계속 문제를 만들고 평범한 고객도 민원 고객으로 만들기 때문이다. 그런데 의외로 근태는 굉장히 좋다. 업무 외적으로 책잡힐 일이 생기지 않도록 결근이나 지각은 절대 하지 않는 게 생존 전략처럼 느껴질 정도로.

한편으론 콜센터 안에서 가장 외로운 존재들이다. 관리자에게 매일 불려가 크게 혼나고 상담원 누구 하나도 그들과 어울리려 하지 않는다. 고객과 관리자에게 모멸감이 들 만큼 심한 말을 듣고도, 꿋꿋이 버티다 도저히 버틸 수 없을 상황까지 내몰리면 그때 퇴사를 한다.

"저런 취급을 받으면서도 왜 그만두지 않는지 모르겠다"고 말한 동료가 있었다. 어쩌면 그들은 이런 상황에 익숙할 수도 있겠다는 생각이 들었다. 여러 콜센터를 전전하며 혼쭐만 나다가 버티고 그만두는 일이 생활이 된 게 아닐까.

그들은 지금 어디에 있을까. 다른 콜센터에서 비슷한 생활을 하고 있을 것 같아 염려스럽다. 일을 잘하지 못하는 이들이 직장에서 밀려나는 건 자연스러운 일인지도 모른다. 그렇다고 해서 그들에게 모멸감을 주는 사회가 전혀 문제없다고 할 수 있을까. 그들도 바라는 삶이 아니었을 거라는 생각과, 사회가 모든 개인의 문제를 해결해줄 수 없다는 생각이 충돌해 머리가 복잡하다. 내 삶도 제대로 살지 못하면서 주제넘게 남 걱정을 하는 건지도 모르겠다. 아무쪼록 그들이 행복하게 할 수 있는 일을 찾기를 바랄 뿐이다.

취소수수료가
뭐길래

○
○

 티켓 콜센터의 민원은 주로 취소수수료 때문에 생
긴다. 공연 일자가 임박할수록 고객이 부담하는 수수료가 커지
고, 예매한 후 결제수단을 바꿔야 하거나 좋은 좌석이 나오고,
더 큰 할인율이 생겨도 대부분 취소 후 재예매를 해야 하므로 불
만이 많다.

 취소수수료 부과는 정당하다. 고객이 예매해서 좌석을 확보
하고 있던 기간 동안 다른 고객은 예매할 기회를, 공연 기획사는
좌석 판매 기회를 잃기 때문이다. 만약 취소수수료가 없다면 이
를 악용해서 많은 좌석을 예매해놓았다가 취소마감시간 직전에
취소하는 방법을 쓸 테고, 공연을 주최하는 기획사의 피해가 이
만저만 아닐 것이다.

나도 수수료 때문에 하루 종일 시달린 기억이 있다. 그 고객으로 말할 것 같으면 밤 11시 30분이 넘어서 콘서트 티켓 3매를 예매하고, 예매한 지 1시간도 안 돼서 취소한 고객이었다. 우리 회사는 티켓 예매처라서 장당 천 원의 예매수수료가 부과된다(예매수수료는 공연에 따라 차이가 있다). 예매 당일 취소할 때에만 예매수수료가 환불되고, 익일부터는 환불되지 않는다. 문제의 고객은 예매한 지 1시간도 안 돼 취소했지만, 자정이 지나 날짜가 바뀌면서 예매수수료 3,000원을 환불받을 수 없었다.

콜센터 업무가 시작되자마자 걸려온 전화는 그야말로 대단했다. 재차 예매수수료 규정을 설명했지만 고객은 절대로 3,000원을 손해 볼 수 없다며 환불을 요구했다. 피치 못할 사정으로 취소하는 고객이 수수료 부과에 불만을 제기하는 경우는 있지만, 무턱대고 수수료를 환불해달라는 고객은 오랜만이었다.

고객과의 통화가 10분이 넘어가자 나의 인내심도 한계에 다다랐다. 다른 고객들과의 형평성까지 이야기했지만 말이 통하지 않았다. 나와 해결이 안 될 것 같으니 콜센터 팀장부터 본사 담당자까지 모두 자기에게 연락할 것을 요구했다.

콜센터에서 나를 '소설가'라고 부르는 동료가 있다. 내가 본사 담당자에게 쓰는 메일 내용이 구구절절을 넘어 구차해 보일 만큼 간곡하고 장황해서 붙은 별명이다. 이번에도 담당자에게 고객의 상황, 고객이 한 말, 원하는 처리 방안에 대해 상세히 메일을 썼고, 오래지 않아 답이 왔다.

"안녕하세요. ○○○입니다. 수수료 환불은 불가합니다. 감사합니다."

짧은 네 문장. 길게 쓴 나의 메일이 무색해지는 성의 없는 답이었지만, 속은 시원했다. 고객에게 한껏 풀죽은 목소리로 내용을 안내했다. 이쯤 되면 수긍하겠지라는 생각은 착각이었다. 고객은 뜬금없이 취소할 때 수수료에 대한 안내가 없었다며 여태까지와는 상반된 주장을 했다. 나는 차분히 마음을 가라앉힌 후 "취소할 때에는 수수료가 안내될 뿐만 아니라 고객님께서 수수료가 부과되는 점에 동의하셔야만 취소가 가능합니다"라고 말했다. 듣는 둥 마는 둥 하는 고객은 오류일 거라며 소리를 질러댔다.

오류 유무를 전산 담당자에게 확인했지만 오류는 없었다. '그럼 그렇지'라는 생각을 하며 고객에게 이 또한 문제가 없음을 안내했다. 그런데 고객은 수긍은커녕 또 다른 핑계를 댔다.

"예매 후 자정이 되기 전에 취소하려고 했는데 홈페이지가 오류나서 취소를 못 했어요. 다시 취소하는 과정에서 자정을 넘겨

수수료가 나왔다고요!"

고객도 나도 이 말이 거짓임을 알고 있었다. 이쯤 되면 상담원을 괴롭혀서 원하는 바를 얻겠다는 심보가 아닌가. 길게 싸울 기력도 없어 담당 부서에 확인해보겠다며 전화를 끊었다. 역시나 답변은 같았다.

"환불 불가."

고객에게 내용을 감정 없이 전했다. 고객은 한숨을 푹 쉬더니, "정말 융통성 없는 회사네요. 상담원도 고생했어요"라는 말을 남기고 전화를 끊었다. '고생했어요'라는 고객의 말이 어처구니 없다가도 '내 고생을 알아준 건가' 싶어 고마웠다.

통화를 마치고 조금의 찝찝함도 없이 개운하고 깔끔한 기분이었다. 거짓말을 해서라도, 상담원을 괴롭혀서라도 원하는 바를 이루고자 하는 고객의 투명한 욕망이 순수하게 느껴졌던 걸까. 아니면 내 머릿속 어딘가 감정을 읽는 기능이 손상되었나. 어쩌면 진상 고객의 '고생했다'라는 한마디에도 감동할 만큼 타인의 인정에 목말라 있던 걸지도 모르겠다.

조금만 매너 있게는 어려우실까요?

• • •

입안에 음식물이 든 채로 말하는 고객 : 쩝쩝형

껌을 짝짝 씹으면서, 사탕을 입에 굴리면서, 밥을 먹으면서, 음료를 마시면서 전화를 하는 고객이 있다. 상담원은 전화를 받을 때 혹시라도 자신의 말투에 고객이 불편함을 느끼지 않을까, 발음이 헛나와서 전달할 내용이 잘못될까 걱정하는데, 수화기 너머의 고객은 상담원에게 기본적인 전화 예의를 지키지 않아도 상관없다는 의도가 느껴져 불쾌할 때가 있다.

• • •

소음이 심한 곳에서 통화하는 고객 : '내 목소리 크다'형

요새는 이어폰이나 스피커폰, 차 안에서 블루투스를 이용해서

통화하는 고객이 많다 보니 말이 또렷하게 들리지 않을 때가 있다. 의사소통에 문제가 없다면 잘 들리지 않는 정도는 괜찮지만, 통화가 어려울 정도로 소음이 심한 곳이라면 얘기는 달라진다. 상담원은 두 배로 귀를 쫑긋해 정신을 집중해야 하니 지치고, 애꿎은 시간만 소요된다. 고객문의를 정확히 파악할 시간에 계속 되묻고, 고객은 몇 번씩 반복해서 말하는 경우가 그러하다.

조용한 곳에서만 전화를 해달라는 것은 아니지만, TV나 음악 소리처럼 간단히 해결할 수 있는 소음은 줄여주셨으면.

• • •

다른 일을 하며 전화하는 고객 : 멀티탭형

옆에 있는 사람과 그다지 급해 보이지 않는 대화를 하면서 전화를 하는 고객이 있다. 안내를 드리는 중에도 계속 다른 사람과 얘기하는 통에 상담 내용을 제대로 이해하지 못해 같은 말을 되풀이해야 한다. 상담원인 나에게 하는 말인지, 옆에 있는 지인에게 하는 말인지 헷갈리기도 한다. 간혹 자영업자분들이 갑자기 방문한 손님을 응대해야 할 때는 어쩔 수 없지만, 정말 급한 일이 아니라면 통화에만 집중해주셨으면.

•••

자신의 정보를 너무 빠르게 말하는 고객 : 입에 모터 단 형

콜센터에서는 고객정보를 확인해야 할 일이 많다. 그런데 예약번호나 휴대폰 번호, 계좌번호나 카드번호를 여쭤보면 숨도 안 쉬고 빨리 말하는 분들이 있다. 이미 알고 있는 정보를 눈으로 확인하는 게 아니라, 고객이 불러준 정보를 받아 적어 조회하는 업무라서 속사포 랩하듯 다다다다- 말이 이어지면 난감하다. 되물으면 짜증 섞인 대답을 하는 고객이 많다.

상담이 익숙해지면 예약번호나 휴대폰 번호 정도는 빨리 말해도 들을 수 있지만, 계좌번호, 배송지 주소는 다르다. 천천히 말씀해달라고 하면 일부 고객은 단단히 화가 나 있거나 민원을 걸 작정으로 일부러 빨리 말하는 경우도 있다. 까칠한 고객은 상담원이 한 번에 알아듣지 못하면 "사람 짜증나게 몇 번을 말해야 해요? 정신은 어디다 팔고 일하는 거예요?"라며 대놓고 화를 내기도 한다.

난생처음 들어보는 외국의 지휘자나 연주자, 발레단이나 무용수의 긴 이름이 들어간 공연명을 빠르게 부르는 일도 있다. 알아듣지 못하면, "상담원이 그것도 몰라? 어떻게 그걸 몰라?"라며 무안을 주는 고객도 있다.

•••

전화를 돌려가며 통화하는 고객 : '나 친구 많다'형

여러 명이 함께 모여 전화를 한 후 상담원이 안내를 하면 서로 상의를 하고 다시 통화를 이어나간다. 분명 나는 A와 통화 중인데 "아휴 난 잘 이해가 안 되네. 네가 받아봐라"라며 난데없이 B를 바꿔준다거나, "답답하네! 내가 통화할게. 전화 이리 줘봐!"라며 C가 전화를 뺏어 든다. 지금 나는 누구와 통화하는 건지, 1분이 아쉬운 상담 처리 시간이 속절없이 흐른다.

상담원이야 묻는 말에만 대답하면 된다지만, A에서 C까지 상대가 바뀌면서 이미 했던 안내를 반복해야 하고, 전화를 받는 고객에 따라 말하는 내용도 다르고 원하는 바도 달라 응대하기 난감할 때가 있다.

•••

상담원이 말할 수 없는 답변을 요구하는 고객 : 눈치 없는 형

"데이트할 때 볼만한 연극 추천해주세요~", "50대 아줌마, 아저씨들인데 무슨 공연이 재밌어요?", "○○○ 지역에 무슨 콘서트 하나요?"라고 문의하는 고객들이 있다. 홈페이지에서 판매하는 공연이 몇천 개는 되고, 지역별 공연도 셀 수 없이 많다. 이런 문의는 "저희도 모든 공연을 관람하지 않아 추천해드리기는 어렵습니다", "○○○ 지역에서 하는 공연이 너무 많아서 모두 안내해드리기는 어렵습니다. 공연명을 말씀해주시면 그에 관한 안내를 드리겠습니다"라고 안내하면 대부분 알아듣는다.

하지만 일부 고객은 끝까지 "아이고, 그래도 나보단 잘 알 거 아니에요, 그러지 말고 추천 좀 해봐요", "내가 나이가 많아서 인터넷을 못한다니까~ 젊은 사람이 좀 찾아줘~"라며 끈질기게 답을 요구한다.

상담원 개인의 의견을 말씀드릴 수도 없고, 만약 추천을 하더라도 추후에 문제가 발생할 수 있기 때문에 문의할 공연은 확실히 정하고 연락해주시길.

●●●

화장실 갈 때와 나올 때가 다른 고객 : 지킬 앤 하이드형

전화예매를 할 때 많은 유형이다. 이런 분들은 남아 있는 좌석, 좋은 좌석 위치, 받을 수 있는 할인에 대해서 끝없이 물어본다. 상담원의 말을 잘 믿지도 않아 통화가 굉장히 길어지기도 한다. 이들은 예매가 완료되면 갑자기 태도가 바뀐다. 상담원이 예매한 내역을 확인해드리고 취소수수료 및 취소마감기한, 공연 관람 유의사항을 포함한 필수 안내를 2~3분 정도 해야 한다. 그러면 10분 동안 묻고 또 묻던 고객은 언제 그랬냐는 듯이 "아휴 무슨 말이 그렇게 많아요?", "안 들으면 안 돼요?", "통화비 내줄 것도 아니면서 참 길게도 말하네!"라며 돌변한다.

상담원도 원해서 하는 안내가 아니다. 왜 필수 안내겠는가. 규정상 하지 않으면 추후에 문제가 발생할 수 있기 때문에 상담원에겐 피할 수 없는 업무다. 본인이 원하는 내용을 문의할 때는 지겨울 정도로 물어봐 놓고, 예매를 마치고 고작 2~3분을 기다리지 못해 상담원을 잡상인 취급한다.

● ● ●

반말하는 고객 : 예의 상실형

성희롱이나 욕설을 하는 고객에게는 상담원이 먼저 통화를 종료할 수 있지만, 반말에 관한 응대 규정은 아직까지 없다. 일부 상담원은 반말을 삼가달라고 말하기도 하지만 나는 웬만하면 듣고 있는 편이다.

나이가 지긋하신 어르신이 반말을 하면 그러려니 하는데, 나와 비슷한 연령대거나 어린 고객이 반말을 하면 기분이 상할 때가 많다. 꾸준한 반말도 기분 나쁘지만, "○○를 예매했는데요,

△△인 거 맞지? 그렇지?"라며 자유자재로 반말과 존댓말을 섞어 쓰는 고객에게도 묘하게 기분이 상한다. 나에게만 그런 게 아니라 원래 그 사람의 언어 습관이겠지, 하고 넘어가는 수밖에 없다.

• • •

말을 밉게 하는 고객 : 천 냥 빚도 못 갚는 형

막말은 아니라도 말을 교묘하게 못되게 하는 고객이 있다. 고객이 갑, 상담원이 을이라고 단정하는 사람이다. "뭐라고요? 머리가 있으면 생각을 하고 말을 하세요", "고객 돈을 처먹었으면 일을 똑바로 해야 할 거 아니에요"처럼 폭언에 가까운 말들을 내뱉는다.

어떻게 하면 상담원의 기분이 상하는지 잘 아는 사람 같다. 어쩔 때는 진상 고객의 폭언보다 더 기분 나쁘게 들릴 때가 있다. 진상 고객은 정상인의 범주를 넘었다고 똥 밟은 셈 치면 그만인데, 이런 고객은 상담원의 사회적 위치를 명확히 보여주는 것 같아 서글플 때가 있다.

고객은 직접 대면하지 않는다는 이유로 상담원을 감정을 가진 인격체로 대하지 않고, 기업의 일부분으로 치부해버리는 것 같다. 내가 경험한 바로는 전체 고객 중 진상이라고 불리는 악성 고객의 비율은 극히 일부다. 그럼에도 상처받는 말은 하루에도 몇 번씩 듣는다. 조금만 예의를 지켜 상담원을 배려해준다면 본인의 인격이 올라가지 않을까.

너무 악착같지 않아도
괜찮아

○
○

입사 전에는 나보다 한참 어린 선배들이 많으면 어쩌나 걱정했는데, 예상외로 나보다 나이 많은 직원이 대부분이었다. 그때와 달리 요즘은 한눈에 보기에도 앳된 직원들이 많다. 20대 초반부터 20대 중반, 심지어 고등학교를 갓 졸업하고 들어온 직원도 있다. 전에는 후배들이 들어오면 친근하게 챙겨주고 하나라도 더 알려주고 싶은 마음이었는데, 요새 입사하는 직원들은 10살 넘게 차이가 나서 가까이 대하기가 아무래도 어렵다.

콜센터의 특성상 유독 실수가 용납되지 않는 분위기 때문에 신입사원이라도 실수가 눈감아지지 않는다. "입사한 지 얼마 안 된 신입사원이라 실수가 있었습니다. 죄송합니다"라고 말하면 좋게 넘어가는 고객도 있지만, "신입 교육이 엉망이네", "도대체 상담원을 어떻게 뽑느냐"며 심하게 불만을 드러내기도 한다. 신입사원의 실수로 고객이 막대한 피해를 입었다면 그에 맞는 보상을 하는 게 맞지만, 선의로 넘길 수 있는 약간의 번거로움에도 민원을 거는 고객들 때문에 '모든 게 처음이라서' 서툰 신입사원들이 애를 먹는다.

대부분 어린 신입들은 기본적인 업무는 빠르게 배우고 곧잘 하는데, 고객 응대는 어려워한다. 대놓고 억지를 부리며 괴롭히는 고객을 만나면 상담 중에 눈물을 쏟거나 고객과 싸움을 벌여 일을 크게 만들기도 한다. 이들은 오래 다니지 못하고 금방 그만 둔다. 간혹 끈기 있는 친구들은 하루에 몇 번씩이나 눈물을 터트리면서도 끝까지 버틴다.

그들을 보니 첫 사회생활이 떠올랐다. 스무 살 무렵 실내 골프 연습장에서 아르바이트로 일할 때였다. 손님이 공을 치면 센서가 공이 없는 상태를 인식해서 골프공을 올려 보내는데, 센서 고장이 잦아 골프공이 있어야 할 위치에 없을 때가 많았다. 그럴 때마다 손님들은 나를 호출했고, 이유를 잘 몰라 쩔쩔매면 주임님이 대신 설명하거나 사과를 했다. 40대였던 주임님은 성격이 괴팍해 센서 문제를 내 탓으로 돌리거나 손님이 다 보는 앞에서 혼을 냈다. 한때는 나도 신입상담원들처럼 자주 혼나고, 눈물을 쏟았을 때도 있었구나 싶다.

　예전에는 상담을 야무지게 잘하는 어린 직원을 보면 빨리 그만두고 더 좋은 일을 하라고 부추겼다. 가장 빛나야 할 시기에 상담원으로 일하면서 갈수록 쪼그라들고 구겨지는 그들이 안타까웠다. 하지만 이제는 그런 말을 하지 않는다. 그들도 이곳에 간절히 원해서 들어온 건 아닐 거다. 분명 각자 나름의 사연이 있을 텐데, 잘 알지도 못하면서 농담으로라도 관두라고 하는 건 예의가 아니라는 생각이 들었다. 누군가의 삶을 온전히 이해할 수는 없으니까.

　그들에게 상담원으로 지낸 시간이 앞으로의 사회생활에 도움이 될 거라고 장담은 못하겠다. 욕을 먹으며 했던 나의 스무 살 아르바이트도 내 삶에 대단한 영향을 주지 못한 것처럼. 마음속으로나마 그들에게 전해본다. 자신을 망가트리면서까지 악착같을 필요는 없다고. 서른넷의 내가 다른 삶을 꿈꾸는 것처럼 언젠가 꼭 들어맞는 일이 있을 테니 괜찮다고.

헤어질 때
깨닫게 되는 것들

○
○

[선배님 어려운 순간들에 도움을 주셔서 정말 감사했습니다. 늘 건강하세요.]

퇴사하는 3개월 차 신입사원이 보낸 메시지였다. 당황스러웠다. 나는 그녀에게 아무런 도움을 준 적이 없었다. 혹시 모든 직원에게 보낸 쪽지인가 하고 동료들에게 물었지만 아니었다. 나에게만 온 것이었다. 그녀와는 짧은 인사 외에 대화도 한 적 없는 사이였다. 곰곰이 생각해보니 간단한 물음에 몇 번 답을 해준 게 다였다. 답장으로 고생 많으셨다고, 앞으로 하는 일이 모두 잘 되길 바란다는 말을 남기고 서둘러 회사를 나왔다. 그녀의 얼굴을 볼 자신이 없었다.

사실 나는 그녀를 싫어했다. 일을 잘 못하는 편이라 앞에서 좋은 선배인 척 친절하게 대했지만, 돌아서면 동료들이 그녀를 두고 나누는 뒷담화에 동참했다. 내가 먼저 안 좋은 얘기를 꺼낸 적도 있다. 나는 인격자인 척하는 위선자였다.

몇 년 전 일이 떠올랐다. 항공사의 아웃소싱업체에 다닐 때 열심히 일하는 내 모습을 좋게 봐주신 지점장님이 본사 추천채용 기회를 주셨다. 운 좋게 합격했지만 본사의 일은 지점에서 하던 것과 전혀 달랐고, 교육도 제대로 받지 못해 어려움이 많았다. 발령받은 부서에서는 지방에서 추천채용으로 입사한 직원이라고 하니 나에 대한 기대가 컸는데 그 기대에 못 미쳐 괴로웠다. 게다가 사수는 마음에 들지 않은 부하 직원의 뺨을 때려 가르친 일을 무용담처럼 말하는 무서운 사람이었다.

일이 어려운 건 몇 번이고 감당할 수 있었지만, 사수에게 듣는 꾸지람은 견디기 힘들었다. 그토록 바라던 서울에서 다닐 수 있는 회사라 무조건 버티려고 했다. 열심히 하면 나아질 거라고 믿었지만 점점 월요일이 두려워졌다. 어느 날은 출근길에 교통사고라도 나서 회사를 안 가면 좋겠다는 나쁜 마음마저 들었다. 몇 번을 고민해도 이곳은 아니라는 생각이 들어 퇴사를 결심했다. 아니나 다를까. 사수와 부장은 추천해서 뽑아줬더니 이렇게 금방 그만두냐며 불같이 화를 냈다. 당연히 내가 감수해야 하는 말이었다.

퇴사하는 날 사수에게 마지막 인사는 드려야겠다는 생각에 뒤따라가 말했다.

"그동안 감사했습니다. 그리고 죄송합니다."

"너 블랙리스트야. 앞으로 우리 회사 비행기 타면 죽는다."

퇴근하는 사람들로 꽉 찬 복도에서 엘리베이터를 기다리던 그가 내게 남긴 마지막 말이었다.

서러운 마음이 복받쳐 화장실에서 펑펑 울었다. 왜 그리 상처 주는 말을 한 걸까. 아직도 그 말은 '끈기 없는 놈', '나약하고 무능력한 놈'이라는 날카로운 화살이 되어 나를 찌른다.

일하던 곳을 떠날 때 우리는 어떤 모습일까. 내게 상처를 준 사수처럼 나도 그녀에게 그런 존재였을지도 모른다. 그녀의 마지막 쪽지가 생각나 부끄럽다. 그녀에게 나는 어떤 모습으로 남아 있을까.

티켓팅 & 피켓팅

o
o

    상담을 하다 보면 가수나 배우를 열광적으로 좋아
하는 고객을 만난다. 그들은 서울에서부터 제주도까지 전국투어
콘서트를 모두 따라다니고, 연극과 뮤지컬을 몇십 번씩 관람한
다. 특별히 연예인을 좋아해본 적이 없는 나는 의아했다. 똑같은
공연을 여러 번 보면 지겹지 않은지, 전국을 돌아다닐 수 있는
열정과 체력은 어디서 나오고, 무슨 일을 하길래 만만치 않은 티
켓 값을 감당하는 건지.

    현실의 어려움을 뛰어넘을 만큼 가수나 배우, 공연 자체에 애
정이 있는 그들에게 일련의 일은 특이한 것이 아니다. 밤을 새우
며 프리미어리그 중계를 챙겨보고, 값비싼 피규어를 수집하고,
바이크를 타거나 가죽공예를 하는 것과 다르지 않은 취미이다.

배명훈 작가의 단편 〈티켓팅 & 타겟팅〉에는 열성팬의 마음이 실감나게 묘사되어 있다.

EU군에 소속된 핵잠수함에서 일하는 세 명의 주인공은 한국 아이돌 그룹의 열혈팬이다. 그들은 잠수함이 상륙하는 시간을 이용해 꿈에 그리던 아이돌 가수의 독일 콘서트 티켓팅을 시도한다. 마치 참전을 앞둔 군인처럼 비장하다. 식사까지 거르며 컨디션을 조절하고 결제할 신용카드를 두 장이나 준비한다. 다른 공연을 모의로 예매해보기도 하고, 각자 공략할 좌석의 구역을 나누고 티켓팅 노하우를 교환한다. 티켓 예매 오픈과 동시에 전력을 다해 좌석을 선택하지만, 이미 다른 고객이 선택한 좌석이라는 메시지만 나온다. 몇 번의 실패에도 포기하지 않고 마침내 비어 있는 좌석을 차지하는 대목은 흡사 지구로 돌진하는 소행성을 향해 인류를 구할 핵탄두를 조준하는 영화의 한 장면처럼 느껴진다.

SF소설이지만 한편으론 현실 그 자체로 보였다. 피켓팅(피가 튀는 전쟁 같은 티켓팅)을 경험해본 사람이라면 감동적이기까지 한 그 절박함에 공감할 것이기에.

몇 년 동안 다양한 공연의 티켓팅을 하다 보니 나도 반쯤은 예매선수가 됐다. 상담원이라고 해서 특별한 노하우가 있는 건 아니고, 타고난 금손도 아니다. 좋은 좌석을 클릭했는데 악명 높은 '이선좌(나보다 먼저 다른 고객이 해당 좌석을 선점했을 때 뜨는 '이미 선택된 좌석입니다'의 줄임말)'만 경험하다 예매에 실패하는 경우가 많다. 우리 회사의 예매 시스템을 욕하는 고객의 마음이 이해도 된다.

사람들의 간절한 마음을 이용해 돈을 버는 사람들도 꼭 있다. 예전에는 공연장 매표소 근처에서 어슬렁거리는 암표상이 전부였다면, 요즘은 방법도 세분화되고 수법은 더 교묘해졌다. 예매창에 빠르게 접근할 수 있는 직링(직접링크)이나 매크로를 유료로 판매하거나, 고객의 ID로 대리티켓팅을 해주고 수수료를 받는다.

인기 공연을 예매해 고가의 프리미엄을 붙여 판매하는 리셀러도 여전히 많다. 고객의 예매내역을 확인하던 중 열 개가 넘는 팬클럽에 가입한 걸 보고 의아했는데, 알고 보니 전문 리셀러가 팬클럽 회원에게만 주어지는 선예매 서비스를 이용한 것이었다. 가장 악질은 사기꾼이다. 중고거래 사이트나 SNS에 자신이 예매한 좌석을 판매한다고 올려놓고 돈을 입금받으면 잠적해버린다. 고객센터로 양도 사기를 당했다고 억울함을 호소하는 고객들에게 수사기관으로 신고하라는 안내밖에 할 수 없어 안타까울 때가 많다.

티켓 콜센터 상담원으로 열성팬을 상대하며 그들의 마음을 어느 정도 이해할 수 있게 됐다. 자신의 우상과 같은 공간에서 함께 호흡하는 기쁨은 말로 표현할 수 없을 것이다. 먼발치에서나마 직접 보기 위해 팬들은 적지 않은 돈을 쓰고, 시간을 투자한다. 내가 알지 못하는 위로와 사랑을 전해 받고 일상을 보내는 즐거움이 분명 있으리라.

이들을 두고 갖은 불법을 저지르는 사람들은 절박함이 무엇인지 몰라서 암표를 팔고 사기를 치는 걸까. 아니면 너무 잘 알아서 이용하는 것일까. 누군가를 좋아하는 일 만큼은 공정한 경쟁이 되었으면 한다.

노인을 위한 나라는 없다

○
○

콜센터에서는 예상외로 어르신 고객을 응대할 일이 비일비재하다. 중장년층을 대상으로 한 콘서트는 물론이고 다양한 뮤지컬, 연극, 클래식 공연이 생각보다 많다. 신유, 장구의 신 박서진 같은 가수는 어르신들에게 웬만한 아이돌급이다. 레일바이크나 짚와이어 같은 레저프로그램을 즐기는 분들, 손주에게 보여주려고 어린이 공연을 예약하는 분들도 있다. 가끔 젊은 커플들이 많이 보는 〈옥탑방 고양이〉나 〈작업의 정석〉 같은 대학로 연극을 예매하는 어르신들을 보면 귀엽기도 하고 부러운 마음도 든다.

여가를 즐기려는 어르신들에게 티켓예매는 쉬운 일이 아니다. 자식들이 예매를 도와줄 수 있으면 다행이지만, 부탁할 사람이 없을 땐 애먹기에 십상이다. 인터넷예매나 모바일예매는 PC와 스마트폰을 사용하지 못하는 분들은 시도조차 할 수 없다. 그나마 이용할 줄 아는 분에게도 회원가입이나 아이핀, 휴대폰을 이용한 본인인증 절차를 거쳐야 하니 꽤나 까다로운 일이다. 예매 페이지에 명시된 예매 및 취소 유의사항은 작은 글씨로 빽빽해 읽기도 힘들고, 할인 종류도 다양해서 원하는 정보를 단숨에 알기도 쉽지 않다. 요새는 카카오톡으로 쿠폰이 발급되고, 특정 앱에서 쿠폰을 다운받아야 하는 경우도 있어서 아예 포기하는 분들도 많다.

상황이 이렇다 보니 어르신들은 주로 전화예매를 이용한다. 대기콜이 많을 때는 상담원과 연결조차 쉽지 않을뿐더러 기회비용이 커도 다른 방법이 없다. 전화예매 시에는 적용되지 않는 할인을 손해 보고, 일반적으로 티켓 1매에 500~1,000원인 예매수수료는 2,000원으로 오른다.

전화예매는 상담원들도 기피하는 업무다. 회사에서는 콜을 많이 받으라고 닦달하는데 기본으로 10분 넘게 걸리는 전화예매가 반가울 리 없다. 예매수수료가 높다고 해서 상담원에게 인센티브를 준다거나 전화예매를 많이 했다고 해서 보상도 없다. 이유가 이러하니 통화시간이 길어지면 상담원의 태도가 통명스러워지기도 한다.

노래교실 입장권을 인터넷으로 판매한 날이었다. 그동안 현장 접수만 받다가 이번부터 인터넷예매로 변경해서인지 오픈 이전부터 심상치 않았는데 오픈 당일이 되자 그야말로 난리가 났다. 굉장히 인기 있는 노래교실이었는지 딸, 아들, 며느리, 손자들까지 티켓 전쟁에 뛰어들어 서버가 폭주했고, 부탁할 사람이 없는 어르신들의 전화예매가 폭발했다. 사실상 좋은 좌석은 인터넷으로 예매한 분들에게 돌아갔고, 콜센터로 전화를 주신 분들은 몇 분씩 대기하다가 겨우 예매하거나 아예 하지 못했다. 미처 티켓을 구하지 못한 아주머니는 거의 우는 목소리로 "일주일 내내 노래교실 하는 날만 기다리는데 우짜노⋯ 노래교실을 가야 스트레스가 싹 풀리는데 내는 이제 몬산다⋯ 어떻게 표 좀 구해줄 수 없습니껴?"라며 하소연을 했다.

여러 외식업에서 주문 시스템을 키오스크로 바꾸면서 한결 편해졌을지라도, 사용법이 익숙지 않은 어르신들은 발길을 돌린다. 기술이 발전할수록 많은 이의 삶은 편해지지만, 그 속도를 따라가지 못해 소외당하는 이들도 있다.

지금 내가 할 수 있는 거라고는 그만두는 날까지 어르신들의 말에 귀 기울이며 최대한 도와드리는 일밖에 없다. 나중에 나이가 들어 새로운 환경 변화에 적응하지 못해 하고 싶은 일들을 포기해야 한다면 정말 서글픈 것 같으니까.

"방금 TV 자막으로 나온 공연에 누가 나온대요?", "여기 ○○동 △△사거리인디, 현수막에 걸린 공연 예매 좀 해주쇼"라고 문의하는 어르신들의 말이 예전과 같이 들리지 않는다. 미래의 내가 겪을 수도 있는 일이기에.

조금 우스운 이야기들

• • •

전화예매 시 고객의 성함을 입력할 때 예매 완료 후에는 변경이 불가하기 때문에 한 글자도 틀리면 안 된다. 실수하지 않기 위해 고객의 성함을 한 글자씩 단어에 빗대어 확인하도록 교육받는데, 예를 들어 고객의 이름이 '지성'이라면 "지혜롭다의 '지', 성공하다의 '성' 맞습니까?"라고 물어야 한다. 또한 고객이 불쾌하지 않도록 '지혜롭다', '성공하다'처럼 긍정적인 의미의 단어를 사용해야 한다.

한번은 신입상담원이 성이 '전'인 고객에게 하고많은 단어 중에 "전두환의 '전' 맞습니까?"라고 물어서 고객이 크게 화낸 일이 있다. 일하다 보면 예시를 들 단어가 좀처럼 떠오르지 않아 난감할 때가 있다. 내가 경험한 일 중엔 고객의 이름이 'ㅇㅇ걸'

이었는데, 처음 두 글자는 제대로 확인했는데 마지막 '걸'자가 계속 떠오르지 않았다. 겨우 생각한 게 하필 '걸레'였다. 차마 걸레라는 단어를 사용할 수 없어서 "걸… 걸… 걸, 맞으시죠…?"라며 머뭇거리고 있는데 고객이 "네! 걸레할 때 걸이요!"라고 말해 줘서 묵은 체증이 사라지는 기분이었다.

...

업무를 시작한 지 얼마 안 된 오전 시간이었다. 통화가 연결되자마자 중년의 여성 고객이 고상한 목소리로 "오메기 좀 예약하려는데요"라고 말했다. 나는 속으로 아침부터 웬 오메기떡을 찾나 싶어 황당했다. "고객님, 오메기떡 말씀이십니까? 저희는 뮤지컬, 연극, 콘서트와 같은 공연 티켓을 판매하는…"이라고 설명하는데 갑자기 고객이 "오메기떡이 아니고요! 예술의 전당에서 하는 오메기!!"라고 소리를 질렀다. 뭔가 이상해서 공연명을 검색하는데 〈오네긴〉이라는 발레 공연이 떡하니 나오는 게 아닌가. 뭐 눈에는 뭐만 보인다고 '오네긴'을 '오메기'로 생각한 내가 부끄러웠다. 고향이 제주도가 아니었다면 그런 실수는 하지 않았으려나?

•••

연극 할인을 묻는 중년의 남성 고객에게 친절하게 안내해드리고 전화를 끊는데, 옆자리의 누나가 놀란 눈으로 나를 쳐다보고 있었다. 왜 그러냐고 했더니 "너 방금 고객한테 뭐 할 말 있다면서 반말하지 않았어? 무슨 일인데?"라며 물었다. "반말 안 했는데? 고객도 매너 있고 단순 문의였는데…"라고 대답하며 모니터를 보는데 연극 제목이 〈여보 나도 할 말 있어〉였다. "〈여보 나도 할 말 있어〉 말씀이십니까?"라고 공연명을 확인하는 것을 "나도 할 말 있어"라고 잘못 들은 누나는 내가 잠시 미쳤는 줄 알았다고.

•••

유치하지만 그래도 말실수가 가장 웃기다. 간혹 어르신 중에 공연명을 뒤죽박죽 말씀하시는 분들이 많다. 〈빌리 엘리어트〉를 〈엘리 빌리어트〉로, 〈웃는 남자〉를 〈우는 남자〉로, 〈바넘 : 위대한 쇼맨〉을 〈쇼맨 : 위대한 바넘〉으로 말한다. 〈친정엄마와 2박 3일〉이라는 공연은 〈친정엄마와 1박 2일〉, 〈시어머니와 2박 3일〉로 바꿔 부른다.

이제 적응이 돼서 웬만한 실수는 아무렇지 않게 넘어가는데 새어나오는 웃음을 참지 못할 때도 있다. 뭐니 뭐니 해도 웃겼던 고객의 실수는, 자정을 넘겨 새벽까지 오래 공연하기로 유명한 싸이 콘서트 〈올나잇 스탠드〉였다.

"싸이 공연 티켓 남아 있는지 확인 좀 하려고요. 〈원나잇 스탠드〉인가?"

• • •

원래도 눈치가 빠른 편인데 콜센터에서 눈치가 더 늘었다. 조금만 들어보면 고객들이 무슨 말을 하려는지 감이 잡힌다. 예매 페이지를 검색하거나 전화예매를 해드릴 때는 정확한 공연명을 알아야 하는데, 정확히 알지 못한 상태로 연락을 하는 고객이 있다.

"번개 파워 티켓이 얼마예요?"

→ "〈번개맨과 블랙홀 대모험〉 공연의 티켓 금액은…."

"그 마술쇼 있잖아요."

→ "이은결, 최현우 중 어떤 공연 말씀이세요?"

"서커스 어디에서 합니까?"

→ "태양의 서커스 〈쿠자〉는…."

척하면 척, 눈치 하나는 자부했는데 그런 나도 '아직 멀었군'

이라고 느낀 적이 있다.

"그 뭣이더라… 매일 싸우는 아저씨들 있잖여."

"어떤 싸움… 혹시 UFC나 로드 FC 경기 티켓 말씀이신가요?"

"아니, 아니… TV 나와 갖고 매일 싸우는 아저씨들… 그 뭣이냐…."

'매일 싸우는 아저씨'라는 말에 머릿속에 떠오른 것은 격투기밖에 없었다. 스포츠 카테고리를 계속 찾아보는데 고객이 소리쳤다.

"아, 맞어! 태진아 하고 설운도 공연 말이여!"

"〈송대관 VS 태진아 라이벌 콘서트〉 말씀이시죠?"

• • •

수화기 너머 고객이 이번엔 어떤 화를 낼까 두려울 때도 있는데, 긴장을 허물어뜨리는 순수한 고객도 있다. 20대 초반의 어린 고객은 개명을 했는데 홈페이지에는 개명 전 이름으로 가입되어 있어 변경을 원한다고 했다. 그런데 절차상 복잡한 문제가 있었다. 콜센터 내 회원정보 담당자를 통해서만 처리가 가능한 업무였다.

변경 완료까지 1시간 정도 소요된다고 안내하자 고객은 시간이 그렇게 오래 걸리면 변경하지 않겠다고 했다. '1시간도 못 기다리나' 하는 생각에 짜증 섞인 목소리로 "고객님, 이 건은 회원정보 담당자만 처리할 수 있는 문제로, 평균 1시간이 소요됩니다. 만약 성함을 변경하지 않으신다면 계속 개명 전 성함으로 홈페이지를 이용해야 하는 불편함이 있는데 괜찮으시겠습니까?"라고 말했다.

그런데 고객은 "아… 이름은 변경하고 싶은데요, 직원분이 저 때문에 1시간이나 고생하시는 거면 너무 죄송해서요…"라고 대답하는 거였다. '음… 뭐지?' 처음에는 무슨 말인가 싶었는데, 상담원이 1시간 동안 전화기를 계속 붙들고 처리해야 해결되는 문제라고 생각한 것 같았다. 웃음기를 머금으며 "아, 고객님 그게 아니고, 제가 회원정보 담당자에게 전달하고, 담당자가 확인하고 처리하는데 1시간이 걸린다는 것이지 1시간 동안 계속 작업해야 하는 업무는 아니니 염려하지 않으셔도 됩니다"라고 말했다. 그제야 고객은 안심한 듯 변경해달라고 했다.

"요즘이 어떤 시대인데 1시간이나 걸려요?", "가만히 앉아서 뭐하는데? 당장 해주세요. 바로!"라며 밉게 말하는 사람도 많은데, 고생할 상담원을 생각해주는 고객의 마음이 너무 고마웠다.

3장

콜센터,
그 이상한 사회

화장실 좀
다녀와도 될까요?

○
○

휴식은 말 그대로 고객 응대에 지친 상담원들이 자유롭게 사용할 수 있는 시간이어야 하지만, 콜센터의 실상은 그렇지 못하다. 관리자에게 휴식시간을 사용하고 싶다고 요청하고, 승인을 받아야 쉴 수 있다. 승인을 받아도 바로 쉴 수 없고, 관리자가 정해준 휴식 순번에 따라 쉴 수 있다.

비흡연자인 나는 대부분의 휴식을 화장실 갈 때 쓰는데, 다 큰 성인이 자신의 방광 사정, 대장 사정을 남에게 알리는 건 치욕스러운 일이다. 겨우 얻어낸 휴식도 화장실이 꽉 차 있거나 속사정이 안 좋아서 10분이 넘어가면 어김없이 팀장의 호출이 기다리고 있다. 부끄러운 자초지종을 낱낱이 설명하는 나를 누군가 지켜보는 것 같아 얼굴이 달아올랐다.

같은 처지인 동료들에게도 미안해서 급하게 일을 처리하고 올 때도 많다. 회사의 생산성, 효율성을 위한 일이겠거니 이해해 보려 했지만, 생리 현상마저 통제받는 상황에서는 모멸감이 느껴진다. 퇴사를 결심한 주된 이유였다.

화장실에 트라우마가 있다. 초등학교 1학년, 시험시간에 긴장을 했는지 갑자기 소변이 마려웠다. 부끄러움이 많던 나는 선생님께 화장실에 가고 싶다는 말을 못 하고 바지에 오줌을 누고 말았다. 소변이 의자 밑으로 뚝뚝 흐르는 소리에 친구들의 시선이 집중되자 이상한 낌새를 느낀 담임선생님이 다가왔다. 무섭기로 유명한 선생님은 화를 내는 대신 마치 엄마처럼 뒤처리를 해주셨다. 창피했던 기억 때문인지 화장실을 가고 싶은데 참아야 하는 상황에 누구보다 예민해진다.

어린 시절의 트라우마를 서른이 넘어 매일 마주할 줄은 정말 몰랐다. 한번은 배가 아파 팀장에게 화장실을 다녀와도 되느냐고 메신저로 물었다. 팀장은 자리를 비웠는지 한참 후에 "네. 다녀오세요"라고 답했고, 승인이 떨어지자마자 화장실로 가는 내 신세가 더럽고 처량해서 눈물이 날뻔했다. '내가 못나서 서른네 살 먹고도 허락을 받고 화장실에 가고 있구나' 하는 생각에 나 자신에게 너무나 미안한 순간이었다.

누군가가 콜센터 화장실 변기 뚜껑 위에 용변을 보고, 벽에도 마구 묻혀놔서 난리난 사건이 있었다. 동료들과 어떤 놈이 벽에 똥칠을 해놨다고 한참을 웃었는데, 스트레스를 견디다 못한 상담원이 폭발해 저지른 일이라는 생각이 든다. 어쩌면 화장실도 자유롭게 가지 못하는 억압을 표현한 것일지도. 웃을 일이 아니다. 방광염과 치질에 시달리는 상담원이 많다는 건 그만큼 어려움이 많다는 얘기니까. 모든 상담원이 화장실만큼은 자유롭게 다닐 수 있었으면 좋겠다. 무엇보다 제일 먼저 바꿔야 할 환경이다.

친절한 상담원 씨

○

인터넷에 올라오는 콜센터에 관한 글은 크게 두 가지다. 진상 고객 또는 상담원의 불친절에 관한 이야기. '콜센터' 하면, 통신사나 114 같이 과하게 친절한 음성을 띤 상담원을 떠올린다. 하지만 모든 콜센터가 과도한 친절을 강요하지는 않는다. 특히 내가 일하는 곳이 그렇다. 신입상담원 교육 때 사내 강사들이 나를 우수사례로 자주 들 만큼 나는 꽤 친절한 상담원이다. 그런데도 입사 초기에 가졌던 진심에서 우러나오는 친절 상담을 하겠다는 사명감이 점점 옅어진다.

감정노동의 고됨은 아물지 못하는 데 있다. 머릿속에 폭탄을 터뜨리는 진상은 많지 않다. 며칠에 한 번, 많아야 하루에 한두 명이다. 그럼에도 닳고 닳은 마음으로 인간성에 대한 믿음이 흔들린다. 콜센터에서 일하기로 마음먹으면서 어느 정도 예상한 것이었는데도.

심한 진상의 범주에 들지 않더라도 상담원의 마음에 생채기를 내는 고객은 셀 수 없이 많다. 상담원을 무시하고, 비아냥거리고, 괜한 트집을 잡는 고객들을 하루에도 몇 번, 몇십 번씩 마주한다. 전화를 끊어도 상처 입은 내 마음을 달랠 시간은 없다. 조금만 후처리가 길어지면 관리자가 다그치고, 다친 마음을 추스를 겨를도 없이 다음 전화를 받아야 한다.

낫지 못한 마음에 상처가 덧씌워지는 일을 반복하면 누구나 지친다. 초심은 사라지고 딱 컴플레인이 걸리지 않을 정도의 의무적인 친절만 유지한다. 상담 중에 내 감정을 그대로 드러내거나 고객과 감정싸움을 할 수는 없으니까. 따박따박 말대꾸를 해서 고객을 무안하게 만들면 잠깐의 승리감을 맛볼 수 있을지는 몰라도 간단히 끝날 통화가 길어지고, 민원으로까지 번진다. 그러면 관리자에게 문책을 당하고 손해를 보는 건 나다. 자존심은 잠시 내려놓고, 최대한 고객에게 친절히 응대하며 상담을 수월하게 끌고 나가는 게 내가 터득한 업무 스킬이다.

친절함은 상담원에게 별 도움이 되지 않는다. 기본급 외에 제공되는 성과급은 대부분 받은 콜 수에 따라 결정되는데, 친절한 상담원은 콜 수에서 손해를 보기 때문이다. 고객 입장에서 이것 저것 확인해주면 시간만 잡아먹고 남는 게 없는 장사다. 이런 사정을 모르는 고객들은 불친절한 상담원과 통화를 종료하고 다시 전화해서 친절한 상담원과 길게 통화를 한다.

상담원의 콜을 무작위로 청취하여 점수를 매기고 성과에 반영하는 '상담품질(QA) 평가' 제도가 있기는 하다. 상담품질에 민감한 곳은 상담원을 압박하며 성과에 반영하는 비율이 높지만, 우리 콜센터는 친절한 상담원과 불친절한 상담원의 상담품질 점수차이가 크지 않고, 성과에 반영하는 비율도 미미하다.

그럼에도 나는 친절하려 한다. 고객들의 민원을 해결해드리지는 못하더라도, 나로 인해 불만을 키우지 않게 신경 쓴다. 정이라곤 조금도 남아 있지 않지만, 매달 내게 월급을 챙겨주는 회사에 대한 최소한의 예의라고 생각해서다. 상담 기계가 되어버린 지금도 종종 고객에게 "친절하시네요"라는 말을 듣는다. 그럴 때면 사라진 줄로만 알았던 초심이 샘솟는다. 칭찬에 민망해져서 "감사합니다" 하고 대답하는 그 순간을 나는 퍽 좋아한다.

콜센터는
누구를 위해 존재하는가

○
○

　콜센터에서 일어나는 대부분의 문제는 운영방식에서 비롯된다. 콜센터는 고객사(본사), 아웃소싱업체(콜센터 운영업체), 상담원, 고객과 얽혀 있다. 기업이 직접 콜센터를 운영하고, 많은 수의 상담원을 고용해 관리하려면 돈도 많이 들고 번거로운 일이라 아웃소싱업체에 콜센터 운영을 맡긴다.

　제일 갑은 고객사다. 고객사가 콜센터에 바라는 점은 시끄러운 일이 생기지 않게 하는 것이다. 고객의 불만이 밖으로 터져 나오지 않고 콜센터 안에서 조용히 해결되기를 원한다. 상담원이 고품질의 상담을 하는지, 고객을 얼마나 만족시키는지는 중요하지 않다. 고객이나 상담원이 서비스 개선 방안을 제안해도 신경 쓰지 않는다. 최소한의 비용으로 적정 응대율을 지키고, 큰 문제를 일으키지 않는 아웃소싱업체가 필요할 뿐이다.

고객사에게 콜센터 운영을 위탁받은 아웃소싱업체는 절대 을이다. 그들의 유일한 관심사는 응대율로, 상담원의 근무환경, 복지, 애로사항 따위는 관심이 없다. 그저 1인분의 몫을 하며 콜을 받는 인력이 필요할 뿐. 아웃소싱업체는 고객사와 계약된 월평균 응대율을 지키지 못하면 페널티비용을 지불해야 하고, 다음 계약 시에도 불이익을 받는다. 응대율을 지키지 못해 고객사의 눈 밖에 나는 것을 가장 두려워한다.

누가 뭐라 해도 가장 낮은 위치는 상담원이다. 화장실 가는 시간도 통제당하며 콜을 받아야 하고, 고객과 통화가 조금이라도 길어지면 관리자에게 눈치가 보인다. 내 몫의 콜을 소화하지 못하면 동료들에게 피해를 주고, 인센티브에도 영향이 미친다. 이런 현실 때문에 상담원들도 고객의 문제를 적극적으로 해결하기보다는, 문제가 생기지 않을 정도의 사무적이고 형식적인 상담을 한다.

아이러니하게도 절대 '갑'이면서도 때론 가장 대접받지 못하는 '정'은 고객이다. 고객은 기업이 자신의 문제에 관심을 가지고 해결해주길 바라지만, 그런 일은 드물다. 콜센터가 운영되는 현 시스템에서 고객은 상담원이 하루에 처리해야 할 80콜 중

1콜일 뿐이다. 소비자의 당연한 권리로서 친절하고 성실한 상담을 원하는 고객과, 스쳐 지나가는 1콜로 생각할 수밖에 없는 상담원의 입장 차이가 서로를 힘들게 한다. 이런 사정 때문에 고객은 정당한 서비스를 받기는커녕 불만이 가중되고, 상담원에게 갑질을 하기도 한다. 이렇듯 고객사와 아웃소싱업체 사이에서 희생을 당하는 쪽은 상담원과 고객이다.

"앞으로 여기는 절대로 이용하지 않을 것 같네요"라며 전화를 끊는 고객이 있다. 고객을 떠나게 할 수 있다면 돌아오게 할 수 있는 곳이 콜센터다. 콜센터를 총알받이로 여기는 무책임한 기업이 근무 환경과 상담원의 처우를 개선하고 보듬으면 어떨까. 그래야 콜센터도, 상담원도 자부심을 갖고 일하지 않을까.

큰돈 벌겠다고
콜센터에 들어온 건 아니지만

○
○

만사태평하게 사는 나도 나이를 먹고 친구들과 비교되면서 불안할 때가 있다. 각자 삶의 모습이 달라지면서 우리의 대화도 변했다. 요새는 주로 아파트 분양정보나 어디 집값이 얼마큼 올랐다더라와 같은 이야기를 나눈다. 재테크는커녕 다음 달 월세, 카드값이 걱정인 나는 할 말을 잃었다.

콜센터에서 큰돈을 벌겠다고 생각한 건 아니지만, 5년을 일하고도 모아놓은 돈은 한푼도 없었다. 서울에서 혼자 살며 돈을 모으는 일은 생각보다 어려웠다. 빚이 생기지 않은 것만 해도 다행이었다. 유흥이나 도박에 빠져 산 것도 아니고, 그저 악착같지 못했을 뿐인데….

참으로 한결같은 상담원 월급이다. 5년 전 월급과 차이가 거의 없다. 인바운드 콜센터이고 상담 중에 영업을 하는 것도 아니라 거의 매달 비슷한 월급을 받는다. 최저임금에 맞춰 책정된 기본급에 몇 가지 수당이 추가된 금액이다. 수당이라고 하기에도 민망한 게 점심값 10만 원, 인센티브, 근속수당 5만 원이 전부다. 근속수당은 1년 이상 일한 사람에게 주어지는데, 매년 오르는 게 아니고 10년 넘게 근무한 사람도 똑같이 5만 원이다. 주말 근무수당이 나오기는 하지만, 남들 다 쉴 때 출근해서 번 돈이라고 생각하면 정말 한숨이 나온다.

콜 처리량, 상담품질 점수, 매달 치르는 직무 평가, 근태, 팀장 평가 등을 합산해 인센티브가 나온다. 금액은 최저 0원, 최고 20만 원이다. 적은 돈은 아니지만 근로자에게 동기부여가 될 정도로 큰 금액도 아니다. 나는 상담품질 점수와 직무 평가는 항상 좋게 받지만, 콜 처리량이 바닥이라 인센티브는 거의 5~10만 원이다.

결국 월급의 대부분은 최저임금에 별 볼 일 없는 수당 몇 개가 전부다. 5년 전에 비해 최저임금은 대폭 인상됐는데 월급은 왜 그대로일까? 여기에 콜센터를 운영하는 아웃소싱업체의 꼼수가 있다. 매년 최저임금이 올라 기본급이 늘어난 만큼 기본급

외의 수당을 깎고 없애는 수법을 쓴다. 입사한 2013년에는 기본급이 백만 원 남짓이었지만, 지금은 사라진 직무수당, 만근수당이 있었고 인센티브도 최대 40만 원이었다.

매년 초에 근로계약서를 새로 쓰고, 바뀐 급여체계 동의서를 받아간다. 수당은 줄었지만 그만큼 기본급이 올랐으니 손해 보는 게 없다는, 말 같지 않은 말을 하며 서명을 재촉하는 관리자들을 보면 우리를 바보로 생각하고 있는 것인지 궁금해진다.

상담원들도 부당함을 느끼지만 항의하는 사람은 거의 없다. 나 혼자 부르짖어봤자 아무것도 변하지 않는다는 사실을 알기 때문이다. 상담 일이 대단한 성과를 내거나 숙련된 기술을 필요로 하는 것이 아님을 안다. 많은 월급을 바라는 게 아니다. 다만 상담원의 값어치를 매기는 방법이 지금보다 예의를 갖추기를 바랄 뿐이다.

태풍 앞의 상담원

○
○

태풍은 역시 태풍이다. 어떤 이에게는 일상의 작은 불편함 정도겠지만 다른 누군가에게는 목숨과 생계를 위협받는 공포가 되기도 한다. 콜센터에 들어오기 전 항공사 소속으로 공항에서 일할 때, 태풍으로 비행기가 지연되고 결항되면 공항은 한바탕 난리가 났다. 면접을 앞둔 취업준비생, 모처럼의 여행 스케줄이 다 망가지게 생긴 여행객, 수술시간에 늦은 환자, 행사에 가야 하는 트로트 가수 등 수많은 승객으로 북새통이었다. 정신없이 승객의 불만을 처리하고 비행기에 태워 보내고 나면 직원들은 녹초가 됐다.

콜센터도 태풍 앞에선 예외가 아니었다. 이곳에서 일하기 전까진 그저 실내에서 하는 뮤지컬, 콘서트가 전부인 줄 알았는데,

다양한 공연, 행사, 레저 상품이 실내외를 막론하고 열렸다. 날씨에 영향을 받는 행사는 왜 그리도 많은지, 일기예보에 이렇게 민감해질 줄 몰랐다. 이곳은 주말에 비만 와도 시끄럽다. 야외 공연이 취소되기라도 하면, 공연을 보려고 숙박까지 예약해서 비행기나 KTX를 타고 이미 와 있는데 어떻게 할 거냐는 민원이 줄을 선다. 공연이 그대로 진행돼도 문제다. 특히 야외 페스티벌 공연은 10만 원이 넘는 돈을 냈는데 비를 맞고 보라는 거냐며 항의가 넘쳐난다.

티켓값이 한두 푼도 아니고 고객들 각자의 사정을 충분히 이해한다. 내가 정말 화가 나고 답답한 것은 '나 자신도 이해할 수 없는 안내'를 고객에게 해야 하는 상황이다. 여기에는 티켓이 판매되는 구조를 알아야 이해가 쉽다. 고객은 우리의 본사(잘 알려진 티켓 예매처)를 통해 티켓을 구매하지만, 공연의 주요 결정은 공연을 주최하는 기획사에서 한다. 태풍으로 인해 공연을 강행할지, 연기하거나 취소할지, 공연을 강행한다면 취소를 원하는 고객에게 전액환불을 할지 말지 모두 결정한다. 본사도 힘이 없지만 콜센터는 본사보다 더 힘이 없다. 기획사에서 결정한 내용을 그대로 고객에게 전달할 수밖에 없다.

대부분 기획사에서 고객의 피해를 최소화하는 합리적인 결정을 하지만, 비상식적인 결정을 하는 곳도 있다. 천재지변이면 연기를 하고 차후 공연을 관람할 수 있게 해주거나, 관람을 원하지 않는 고객에게 전액환불을 해주는 것이 일반적이다. 그런데 기획사는 일자 변경은 해줄 수 있지만, 환불은 불가하다는 결정을 내렸다. 상담원도 이해할 수 없는 응대 방안이었다.

연기된 일자에 관람을 할 수 없는 고객들의 민원이 빗발쳤다. 그날 저녁에는 환불 불가를 이해할 수 없는 고객에게 사정을 설명하느라 퇴근시간을 훌쩍 넘기면서까지 통화해야 했다. 본사의 공연 담당자에게 재차 확인했으나, 상담원이 할 수 있는 말은 공연 기획사가 강경한 상태라 협의되지 않는다며 취소 불가를 알리는 일뿐이었다. 정작 안내를 해야 하는 상담원조차 이해되지 않는 안내를 하는 웃긴 상황. 고객은 예매를 대행하고 있으면 책임감 있게 문제를 해결해줘야 하는 것 아니냐고 따져 물었다.

기획사와 예매처의 관계를 상세히 알지는 못하지만, 콜센터 5년의 연륜으로 아는 바가 있다. 기획사가 갑이라는 것(특히 대형 기획사는 더더욱). 기획사가 확고한 결정을 내린 상황에서 예매처가 할 수 있는 일은 거의 없다.

이쯤 되면 고객과 상담원의 동어반복이다. 문제를 해결하지 못한 고객은 감정만 상한 채로 전화를 끊는다. 고객에게 욕을 먹으며 통화를 오래 이어갈 때는 상담원도 사람인지라 고객이 밉기도 하지만, 막상 전화를 끊고 나서는 기획사와 본사에 분노가 치민다. 말도 안 되는 결정을 한 기획사는 도대체 무엇이며, 아무런 힘도, 책임감도 없는 본사의 무능력은 또 무엇이란 말인가. 이번에도 어김없이 상담원은 고객들의 불만을 맨몸으로 받아내는 총알받이다.

매년 신종플루, 메르스, 태풍, 지진과 같은 국가적 재난 상황을 지나올 때마다 콜센터는 전쟁터였다. 일부 몰상식한 기획사와 무책임한 예매처가 고객에게 피해를 전가하는 일이 없도록 공연법이 제정되길 바란다. 무엇보다 무책임한 기업의 총알받이로 상담원이 이용되는 일이 더는 없기를 바란다.

2,500원짜리 경위서

○
○

10년 넘게 일한 선배가 2,500원 때문에 경위서를 썼다. 사건의 발단은 이랬다. 고객은 배송받은 티켓의 취소가 가능한지 물었고, 선배는 예매내역을 조회한 후 콜센터 전산에 취소마감시간이 남아 있는 것을 확인하고, 취소를 원하시면 티켓을 반송하라고 안내했다. 며칠 후 티켓은 반송처에 도착했지만 취소할 수 없었다. 고객이 예매한 공연은 예외적인 취소 규정이 적용되어 전산에는 취소가 가능하다고 나오더라도 불가한 상태였기 때문이다. 특이한 경우라 상담 시 유의하라고 관리자가 조회시간에 공지한 건이긴 했다.

선배는 고객에게 취소가 불가함을 알려드리고, 티켓 반송비용 2,500원을 돌려드렸다. 문제는 지금부터다. 관리자는 선배의 실수로 콜센터에서 반송비용을 부담하게 되었으니 경위서를 쓰라고 했다. 근로자는 회사에 손해를 끼쳐선 안 된다. 실수했을 때 관리자에게 질책을 당하는 것도 당연하다. 아무리 그래도 2,500원 실수로 말미암은 경위서라니, 어디에 하소연하기도 민망한 금액이다.

실수하는 상담원도 사정은 있다. 판매하는 상품은 수천 개인데 공연별 할인율, 할인 조건, 공연 관람 시 유의사항을 다 기억할 순 없다. 예매페이지에 깨알 같은 글씨로 적혀 있는 안내 문구는 눈에 잘 안 들어오지, 고객은 확인이 늦는다고 성화다. 설상가상으로 관리자는 후처리를 줄이고 콜을 받으라고 닦달하고, 본사에 문의한 건은 하루가 다 지나도록 답이 없다. 금방 그만두는 통에 신입상담원들만 넘쳐나는 상황에서 실수는 잦을 수밖에 없다. 물론 실수를 반복한다면야 상담원의 잘못이지만, 불가피하게 생긴 작은 일로 경위서까지 받아내야 했을까. 그전에 세부 안내사항을 구두로 전달받을 수밖에 없는 체계적이지 못한 시스템을 개선할 수는 없던 걸까.

비단 이번뿐만 아니라 2,500원, 2,800원, 3,000원 때문에 경위서를 쓴 동료들도 있다. 상담원에게 경각심을 일깨우고 실수를 줄이게 하려고 형식상 쓰게 하는 것일 수도 있지만, 실은 다른 이유가 있다는 얘기가 직원들 사이에 돈다. 근태가 좋지 않고 상담 태도에도 심각한 문제가 있던 직원에게 회사가 아무리 퇴사를 권유해도 끝까지 버텨 해고하기까지 굉장히 애먹은 일이 있었다. 그 후로 회사에서는 상담원을 쉽게 해고하려고 작은 실수에도 경위서를 받아 놓았다가 해고가 필요할 때 이용한다는 것이다. 그 이유가 무엇이든 2,500원짜리 경위서는 너무하다.

10년간 볼 꼴 못 볼 꼴 다 본 선배는 이놈의 회사가 하다 하다 별짓 다 한다며 경위서를 써냈다. 어이없다는 듯 웃고 넘긴 선배였지만, 언뜻 웃음 뒤로 스치는 모멸감을 본 것 같았다. 고작 2,500원 때문에 이런 대접을 받은 선배의 마음은 어땠을까.

콜센터에서 상담원은 도대체 어떤 존재일까. 이곳에 다니며 얻은 것 중 하나는 물정 모르고 현실을 낭만적으로 바라본 나의 천진함을 깨트린 것이다. 이런 일이 있을 때마다 나의 현실과 위치를 객관적으로 바라보게 된다. 2,500원의 실수도 용납되지 않는 곳, 직원에 대한 존중과 배려는 다른 세상 이야기인 회사에 5년 동안 다니고 있는 게 내 현실이다.

"잠시만요"와
"잠시만 기다려주시겠습니까?"의 차이

○
○

    상담원으로 일하기 전까지 콜센터에 전화하는 것을 좋아하지 않았다. 상담원 특유의 과장된 말투와 과도한 친절이 불편했기 때문이다. 말끝마다 기계적인 억양으로 "네에~", "그러셨군요~" 하는 맞장구가 부담스러웠다. 그렇다고 상담원이 퉁명스럽게 응대하는 것도 원하지 않았다. 자연스러운 말투로도 충분히 친절함을 전달할 수 있을 텐데 왜 과장되고 어색한 억양으로 말하는지 이해할 수 없었다.

    적당함을 찾는 게 얼마나 어려운 일인지는 콜센터에 들어오고 나서 알았다. 매달 두 번씩 상담원의 통화 이력을 무작위로 골라 청취하고 점수를 매기는 상담품질 평가가 이루어진다. 점수는 100점으로 시작해서 미흡한 부분이 생길 때마다 차감된다. 말하는 속도와 발음이 정확한지, 고객의 말을 경청하고 중간에

끼어들지 않는지를 체크한다. 고객의 불만에 공감하고 적극적으로 상담에 임하는지, 고객의 말에 적절히 호응하고 맞장구를 치는지도 평가 항목이다.

고객의 말이 잘 들리지 않을 때는 반드시 "고객님, 죄송하지만 다시 말씀해주시겠습니까?"라고 말해야 한다. 문의 답변에 시간이 소요돼 고객을 잠시 대기시켜야 할 때도 "확인해보겠습니다. 잠시만 기다려주시겠습니까?"라고 안내해야 한다. 만약 "잠시만요~"라고 말하면 '정중하지 못한 언어 사용'으로 점수가 차감된다. 고객 대기 후 안내를 드릴 때도 "기다려주셔서 감사합니다" 혹은 "오래 기다리게 해드려 죄송합니다"라고 안내해야 한다. 나는 유독 끝인사가 어려웠다. "즐거운 하루 보내세요"나 "행복한 오후 되십시오"라는 말이 도무지 입에 붙지 않아 "감사합니다"라고 해서 점수를 깎일 때가 많았다.

상담품질 점수는 매달 상담원의 실적 등급을 산정하는 데 반영되어 인센티브에도 영향을 미친다. 요새는 점수가 상향평준화되어 변별력이 없고 인센티브라고 해봐야 얼마 되지 않지만, 콜수가 적은 사람이 상담품질 점수까지 안 나오면 그나마 받던 인센티브를 못 받으니 신경 쓸 수밖에 없다. 고객문의에 제대로 된 답변을 하는 것만으로도 머리가 복잡한데 평가까지 신경을 써야 하니, 언제부터인가 그렇게 싫어하던 상투적인 상담원의 말투가 입에 배었다.

상담원들은 일정 수준 이상의 상담품질을 위한 평가는 동의하지만, 현 평가 방식에는 부정적이다. 실질적인 도움으로 고객을 만족시켰는지보다 피상적인 평가 기준으로 점수를 매기는 방법에 문제가 있다고 본다. 실제로 나긋나긋한 음성은 아니지만 적극적으로 고객의 문제를 해결한 상담원보다 기계적으로 응대하며 상담품질 평가 기준만 잘 지킨 상담원이 더 좋은 점수를 얻을 때가 많다.

전형적인 상담원의 말투가 듣기 싫다며 평범하게 말해달라는 고객들에게 당부하고 싶다. 통화하는 상담원의 말투가 듣기 거북하더라도 조금만 참아주셨으면 좋겠다고. 아마도 그는 지금 무척이나 애쓰고 있을 것이기에.

콜센터 이용 팁

• • •

통화 연결 도중에 끊고 다시 전화하지 않기

상담원 연결까지 시간이 오래 걸리면 전화를 끊었다가 다시 거는 고객이 있다. 어떤 고객은 통화가 연결된 후 "아니, 내 전화는 계속 안 받아서 친구 전화로 하니까 바로 연결되네. 사람 차별하는 거야 뭐야!"라며 벌컥 화를 내기도 한다. VIP 고객 상담 부서가 따로 있는 콜센터가 아니라면 고객을 구분하는 일은 절대 없다. 상담원들은 먼저 걸려온 전화를 순서대로 받을 뿐이다. 통화 연결 도중에 끊고 다시 전화를 거는 행동은 은행에서 번호표를 뽑고 기다리는데 자기 차례가 오지 않는다며 새 번호표를 뽑는 것과 마찬가지다. 조급해하지 말고 진득하니 기다리는 게 백번 낫다.

• • •

11시 30분~14시 30분 피해서 전화하기

점심시간 동안 통화가 연결되지 않는 콜센터가 늘어가는 추세지만, 여전히 상담원들이 교대로 식사를 하며 전화를 받는 곳이 많다. 점심시간은 콜센터마다 다르지만 보통 11시 30분~14시 30분으로, 이 시간에 전화를 하면 평소보다 통화대기가 더 길어질 수 있다.

• • •

업무 종료시간 임박해서 전화하지 않기

콜센터에서 몇 안 되는 장점은 칼퇴근이 가능한 것인데, 18시에 들어온 마지막 콜이 길어지면 칼퇴근은 물건너간다. 상담원도 사람인지라 이럴 땐 부아가 치밀어 오르고, 평소보다 친절하고 성의 있는 상담을 하지 못하게 된다. 18시 이후에는 본사나 기획사, 배송업체 담당자들이 모두 퇴근해서 어차피 다음 날 처리되는 경우가 많다. 시간 여유가 있고 상세한 상담을 받고 싶다면 다음 날 오전에 전화하는 편이 문제 해결에 훨씬 도움이 된다.

• • •

상담에 필요한 정보는 미리 확인하고 전화하기

이런 사람이 어디 있겠나 싶지만, 예매한 티켓의 배송주소를
변경해달라고 하고선 변경할 주소를 알지 못하는 고객이 있다.
촌각을 다투는 인기 공연의 오픈 시간에 전화예매를 요청하면서
카드번호나 카드 비밀번호를 알지 못해 결제에 실패하는 고객도
실제로 있다. 한번은 예매 취소를 원하는 고객의 예매내역을 아
무리 조회해도 확인되지 않아 민원으로 번질 뻔했는데, 알고 보
니 타 예매처인 적도 있다. 세세한 내용까지 알고 전화할 필요
는 없지만, 상담에 꼭 필요한 정보는 미리 확인하고 전화하는 게
좋다.

• • •

불친절한 상담원 대처 방법

불친절한 상담원은 얼마든지 있다. 통화하는 고객이 말이 안
통하는 진상이라서, 컨디션이 안 좋아서, 아니면 원래 그런 상담
원이라서. 가끔 불친절한 상담원을 붙잡고 한참 동안 말싸움을
하는 고객이 있는데, 그런다고 해서 방금 전까지 불손하던 상담
원이 갑자기 잘못을 인정하고 사과하는 경우는 드물다. 참고 넘

기기 힘들 정도로 불쾌하거나, 콜센터의 서비스에 대해 한마디 해야겠다면 불친절한 상담원과 옥신각신하며 기분만 더 상하지 말고 관리자나 민원 담당자에게 통화를 요청하면 된다. 관리자는 통화 녹취를 확인하고 고객에게 연락을 하기 때문에 객관적으로 상담원이 불친절했다면, 정중한 사과를 할 것이다. 관리자와 통화하고 싶지 않다면 인터넷 홈페이지 1:1 문의하기를 이용하는 것도 방법이다. 상담원의 불친절로 인한 민원이 누적되면 직접적으로 인센티브가 줄어들거나, 인센티브에 반영되는 팀장 평가에서 불이익을 받을 수 있다.

...

상식적인 문제 해결이 이뤄지지 않을 때

5년 넘게 일하다 보니 담당자의 확인을 거쳐야 하는 고객문의도 어떻게 처리될지 예상될 때가 많다. 반대로 기업의 명백한 잘못이라서 당연히 합당한 보상이 이뤄져야 하는데도 예상하지 못한 답이 돌아올 때가 있다. 담당자가 착오를 하거나, 갑인 기획사에서 막무가내로 나오는 경우, 여러 가지 이해관계가 얽힌 상황 속에서 상담원인 나도 이해하기 어려운 답을 고객에게 전하기도 한다. 기대와 다른 상담원의 답변에 고객은 화를 내고 관리자와 민원통화까지 해보지만 문제는 해결되지 않는다. 이럴 때 포기하거나 상담원에게 계속 하소연하는 고객이 있는데, 그보다는 조금 번거롭더라도 '한국소비자원'이나 '공정거래위원회' 같은 민원기관에 의뢰하는 게 낫다. 지금까지의 경험상 민원기관에서는 합리적인 판단을 통해 부당한 피해를 입은 소비자를 대다수 구제해주었다. 만약 민원기관을 통해서도 문제가 해결되지 않을 때는 나의 문제 제기가 옳은지 생각해봐야 한다.

•••

자신의 상황에 맞는 채널 이용하기

고객 상담 채널은 크게 전화, 메일(1:1 문의하기, 게시판), 채팅 상담으로 나뉜다. 전화 상담은 고객이 문의를 가장 직접적으로 전달할 수 있고, 답변을 받기까지 걸리는 시간도 짧다. 문의 내용이 여러 가지인데 한꺼번에 문제를 해결하고 싶을 때 이용하면 효과적이다. 다만 상담원의 수가 한정적이기 때문에 통화 연결까지 오래 기다려야 한다. 말보다 글로 의견을 표현하는 게 편한 분들이나, 상세한 내용을 전달하고 싶을 때는 메일 상담이 유용하다. 단, 즉각적인 답변은 어려우므로 시간 여유가 있을 때 이용하는 게 좋다. 요즘 많이 도입되는 채팅 상담은 중요한 내용보다는 상품과 서비스에 대해 간단한 문의를 할 때 사용하면 편리하다.

...

상담원을 함부로 대하거나 너무 안쓰러워하지 말 것

상담원에게 짜증을 부리고 불같이 화를 내면 답변을 좀 더 빨리 받을 수는 있어도, 상담원의 마음에서 우러나오는 서비스는 받지 못한다. 하루는 고객이 예매한 공연의 캐스팅 일정을 문의해서 확인한 결과 할인을 받을 수 있는 공연인데도 정가로 구매한 게 보였다. 고객이 문의한 캐스팅 일정만 안내해주고 끊을 수도 있었지만, 예의 있고 상냥한 고객이라 할인받는 방법을 안내해드린 적이 있다. 만약 그 고객이 예의를 상실하고 함부로 대했다면, 가격은 못 본 체하고 넘어갔을 거다.

반대로 상담원이 고생하고 있는 것을 잘 알고 있는 나머지 정당하게 불만을 제기해야 할 상황에서도 그냥 끊는 고객이 있다. 상담원은 기업에 고용되어 고객에게 서비스를 제공하는 정당한 노동을 하는 것이기에 너무 불쌍하게 여길 필요는 없다.

•••

상담원 제대로 호칭하기

언니, 아가씨, 아저씨부터 그쪽, 너, 야, ×××까지 상담원을 지칭하는 이름은 많다. 아가씨나 아저씨 정도는 하도 많이 들어 익숙해졌지만, 아무래도 상담원님, 상담원분이라고 불러주시는 게 듣기 좋다. 나의 직업이 제대로 불릴 때 그에 맞는 서비스를 하고 싶어진다. 간혹 선생님이라고 부르는 고객도 있는데 경험상 별로다. "아이고 선생님, 수고 많으십니다~"라고 말문을 여는 고객은 대부분 피곤하게 굴었다.

복불복 점심시간

○

어느 콜센터는 콜이 많으면 점심시간을 30분으로 줄이고, 김밥을 나눠주기도 한다는 이야기를 들었다. 다행히 내가 다니는 곳은 점심시간 1시간이 보장된다. 다만 시간대가 문제다. 점심시간에도 콜센터가 운영되기 때문에 교대로 다녀와야 한다. 점심시간은 오전 11시부터 오후 3시까지 1시간 간격으로 나뉜다. 첫 타임은 오전 11시~오후 12시, 마지막 타임은 오후 2시~3시다. 오전 10시쯤 그날의 점심시간 스케줄을 관리자가 공지한다. 보통 일주일 단위로 시간이 변경되지만(이번 주에 오전 11시면 다음 주는 오후 12시, 다다음 주는 오후 1시) 점심시간에 주요 공연이 오픈하거나 문제가 생겨 콜이 밀리면 갑작스럽게 바뀌기도 한다. 오늘은 오전 11시, 내일은 오후 2시, 이런 식이다. 점심시간이 매일 달라지다 보니 위장병을 달고 사는 것도 당연하다.

점심시간 1시간을 온전히 누리려면 운이 좋아야 한다. 점심시간 1~2분 전에 통화가 끝나면 적당히 후처리를 사용했다가 점심시간을 시작하면 되는데, 타이밍이 잘 맞는 일은 드물다. 후처리를 길게 사용하다가는 관리자의 불호령이 떨어지므로 애매하게 점심 5분 전에 전화가 끝나면 어쩔 수 없이 한 콜을 더 받아야 한다.

이때 10분 넘게 소요되는 전화예매나 복잡한 문의가 들어오면 피 같은 점심시간이 그만큼 줄어든다. 한참 통화가 길어져 20~30분을 넘기면 관리자가 변경해주지만, 5~10분 정도는 상담원이 손해를 감수해야 한다. 통화 중에 "고객님, 실례지만 제가 점심시간이라서…"라는 말은 결코 할 수 없다. 점심시간이 이미 시작됐는데도 고객이 끊을 생각을 하지 않으면 속이 부글부글 끓어오른다.

오전 11시 점심이 최악이다. 아침식사가 소화도 안 된 상태에서 억지로 점심을 먹어야 한다. 게다가 그 시간에 식당을 가면 점심에 들이닥칠 손님을 맞기 전에 종업원분들이 식사를 하고 계셔서 곤란할 때가 종종 있다. 처음에는 죄송한 마음에 다른 식당으로 옮기기도 했지만, 가뜩이나 쫓기는 점심시간이라 얼굴에 철판을 깔고 자리에 앉는다.

이른 점심을 먹으면 12시부터 자리에 앉아 퇴근시간까지 6시간 동안이나 쉴 새 없이 전화를 받는 고역을 치른다. 정신없이 콜을 당기다가 퇴근할 때쯤인가 싶어 시계를 보면 겨우 4시다. 차라리 2시 점심이 기다리기 힘들긴 해도 밥을 먹고 돌아오면 금방 퇴근이라 11시보단 낫다.

점심시간은 욕이 반일 때가 많다. 그날 누가 더 지독한 진상을 상대했는지 경쟁하듯 늘어놓는다. 회사 욕도 빠지지 않는데, 사실 매번 비슷한 얘기다. 5년 동안이나 회사 욕을 하다 보니 이제 좀 느끼는 바가 있다. 회사는 조금도 변하지 않을 것이며 우리는 지금처럼 점심시간마다 똑같은 욕을 하고 있을 거란 걸. 딱히 해결책이 없는 원망으로 시작해서 신세한탄으로 끝나는 이야기를.
점심시간이 끝나면 다시 전쟁터로 돌아가야 한다. 기분 좋게 첫 콜을 받자마자 짜증을 내는 고객의 음성이 들려오면 점심에 먹은 주꾸미 볶음이 올라올 것 같은 기분이다(점심을 먹고 바로 자리에 앉아 전화를 받는데 소화가 안 돼 실수로 트림이 나와서 민원이 걸렸다는 상담원의 웃지 못할 이야기가 생각난다).

아무런 의욕 없이 출근해서 진상 고객의 욕받이, 감정의 쓰레

기통, 회사의 방패막이로 취급받으며 나를 잊어갈 때쯤, 다시 나로 돌아오는 때가 점심시간이다. 숨 막히는 콜센터 안에서 유일하게 숨통을 트이게 해준 산소호흡기 같은 한 시간 때문에 그나마 버티며 보낸다. 여느 직장인들도 마찬가지겠지만.

상담원도
진급을 하나요

○
○

서른 중반이 되니 여기저기서 명함을 받는 일이
많다. 내 명함을 기다리는 상대에게 "저는 명함이 없습니다"라
고 말하는 건 매번 경험해도 착잡한 순간이다. 건네받은 명함 속
의 지인들은 어느덧 대리가 되었고, 진급이 빨라 과장을 달기도
했다.

대부분의 기업은 연차가 올라가면서 직급도 높아지지만, 콜
센터는 그렇지 않다. 6개월을 다녀도, 10년을 다녀도 똑같은 상
담원이다. 물론 상담원도 '관리자'라고 하는 직급으로 진급할 수
있는 기회가 있다. 관리자는 콜센터의 응대율과 상담품질을 높
이기 위해 상담원을 관리하는 일을 한다. 우리 콜센터는 작은 규
모라서 관리자는 센터장, 팀장, 부팀장 정도밖에 없다. 이밖에도
상담원을 직접 관리하지는 않지만 상담품질 및 교육, 콜센터 운

영 업무를 담당하는 QAA, 직무 강사, 전산 담당자, 총무 등의 직원이 있다.

보통 콜센터 내에는 몇 개의 팀이 있는데, 각 팀마다 팀장이 있고 센터의 총책임자인 센터장이 있다. 센터장은 콜센터의 전반적인 운영을 결정하며, 응대율을 높이기 위한 운영전략을 세운다.

팀장은 상담원으로 구성된 팀원을 관리하는 중간관리자다. 포기호를 줄이고 응대율을 지키는 것이 그들의 최우선 과제다. 후처리가 긴 상담원을 닦달하고 상담원의 휴식시간을 관리한다. 콜 실적이 나오지 않는 상담원과 면담을 하고, 지각과 결근이 발생하지 않게 신경 써야 한다. 해결되는 경우가 별로 없는 상담원의 불만을 들어주는 것도 이들의 일이다. 골치 아픈 민원통화도 중요 업무다.

팀장 밑에는 한두 명 정도 부팀장이 있는데, 상담원으로 오래 근무하고 업무 평가를 잘 받은 사람이 기회를 얻는다. 이들은 상담원이 잘 모르는 내용이 있거나 그 선에서 결정할 수 없는 일이 생길 때 확인해주는 역할을 담당한다. 그러다 보니 부팀장의 모니터는 상담원들이 보내는 채팅창으로 셀 수 없이 깜빡인다. 때때로 상담원을 대신해 본사에 문의를 넣거나, 팀장 대신 민원통화를 담당하기도 한다.

전산 담당자를 제외한 나머지 관리자들은 대부분 콜센터 상담원 출신이다. 전반적인 콜센터 시스템을 모르면 할 수 없는 일이라 주로 상담원 중에서 희망자를 발탁하거나 내부에서 모집공고를 낸다. 하지만 관리자는 콜센터에서 인기 있는 자리가 아니다. 고생만 하고 보상은 보잘것없기 때문이다. 근태가 불량하거나 문제를 일으키는 상담원뿐만 아니라 회사에 불만이 많은 상담원들을 관리하는 일은 결코 쉽지 않다. 더군다나 회사에서 아무런 당근도 내어주지 않고 채찍으로만 관리해야 하는 상황에서는 능률이 오르지 않는다.

팀장 이하의 관리자는 상담원들보다 조금 나은 정도의 급여를 받는다. 콜 응대율 실적에 따라 인센티브를 지급받는데 큰 금액은 아닌 것으로 알고 있다. 그래서인지 상담원만큼이나 퇴사율이 높다. 결국 관리자나 상담원이나 콜센터를 위해 일하는 부품일 뿐이다. 언제든 갈아 치우고 채워 넣으면 되는, 어디서나 대용품을 구할 수 있는 부품.

나는 워낙 싫은 소리를 못하고 강단이 없는 성격이라 관리자

제의는 받아본 적 없다. 만약 있었다 해도 절대 응하지 않았을 거다. 콜센터의 운영방식을 이해할 수 없고, 인격을 무시당하는 이곳에서 성장하고 싶지 않다. 그렇다고 잘못된 방향으로 견고히 굳은 콜센터 업계의 시스템을 바꿀 용기도 없다. 그래서 나는 상담원으로 남아 이곳의 윤리에 순응한다. 어찌 되었든 지금의 콜센터 시스템이 굳어지는 데 일조한 셈이다.

일 잘하는 상담원이 되려면

나는 일을 잘하는 상담원에 속했다. 자랑이 아니다. 콜센터에서 몇 년씩 근무한 상담원 중에서 일 못하는 사람은 한 명도 없을 테니 말이다.

상담원이 실수하지 않아도 민원이 생기고 마음이 다치는 일이 부지기수인데, 일을 못해서 고객과 관리자에게 혼나는 상담원은 스스로가 힘들어서라도 오래 일하기 어렵다.

콜을 많이 받는 법은 모른다. 5년 동안 관리자한테 구박을 받으면서도 그것만은 터득하지 못했다. 다만 실수를 줄이고, 민원을 발생하지 않게 하는 것에 대해서는 해줄 말이 많다. 나의 경험을 바탕으로 일 잘하는 상담원으로 거듭나는 나름의 스킬을 공유한다.

• • •

꼼꼼함, 의심하는 습관

상담원은 일할 때만큼은 대범하면 안 된다. 처음부터 대담한 사람들은 높은 확률로 사고를 친다. '내가 실수한 게 아닐까', '잘 못 안내해서 문제가 생기면 어떡하지' 하는 적당한 소심함이 필요하다. 일이 익숙해지고 경험이 쌓이다 보면 누구나 대담해지기 때문에 꼼꼼함과 신중함을 갖추는 것이 중요하다. 단, 일을 정상적으로 잘 처리해놓고도 잘못될까 봐 전전긍긍하거나, 회사에서 있었던 마음 상한 일을 집에까지 갖고 가는 미련스러움은 위험하다.

고객의 말을 듣고 의심하는 습관도 어느 정도는 있어야 한다. 대부분의 고객은 사실을 말하지만, 그렇지 않은 사람도 있다. 기본적으로는 고객의 말을 신뢰하면서 적당한 의심을 가져야 한다. 고객뿐만 아니라 회사와 나에 대한 의심도 필요하다. 이 일의 단점으로 끊임없이 의심하는 일을 얘기할 수 있는데, 거짓말하는 고객, 하루가 멀다 하고 오류를 만드는 회사, 실수하는 나를 만나다 보면 의심이 생기는 건 어쩔 수 없다. 합리적인 의심이 필요하다는 소리다.

...

니즈 파악

전화가 연결되자마자 로그인이 안 된다고 다짜고짜 화를 내는 고객이 있다. 일을 잘 못하는 상담원은 고객이 하는 말 자체에 매달려서 로그인을 해결하는 데만 온 정성을 쏟는다. 요령이 있는 상담원은 그 너머의 것을 본다. 고객이 왜 로그인을 하려는지를 생각해서 혹시 예매가 급하다면 전화예매를 권유한 후 예매를 해드린다. 그게 아닌 고객에게는 상황에 맞게 직접 ID를 찾는 방법을 안내하거나, 콜센터에서 ID를 확인해서 안내할 수도 있다. 고객의 말 뒤에 숨겨진 의도를 알아채야 한다. 너무 당연한 말이지만 그만큼 중요하다.

...

고객의 말에 집중하기

숙련된 상담원조차 고객의 말에 집중하지 않고 내가 할 말만 생각하다가 실수를 하는 경우가 있다. 상담에 집중하지 않으면 고객이 말하는 정보 10개 중에 2~3개는 흘려듣고 나머지 7~8개만 가지고 상담을 하게 된다. 짧게 끝날 상담이 고객의 말을 놓쳐서 길어지기도 하고, 고객이 말한 내용을 자꾸 되물어 혼날 때도 있다. 고객의 말에 해결 방안이 있으니 집중하자.

•••

고객 성향에 맞게 응대하기

성격이 급한 고객에게는 짧고 간결한 안내가 최고다. 우유부단한 고객에게는 내가 먼저 몇 가지 해결책을 제시하고 최종 선택을 고객에게 맡기는 적극성이 필요하다. 전화예매 중에 좌석을 고르지 못하고 오랜 시간 고민하는 고객에게는 남아 있는 좌석 중 보편적으로 고객들이 선호하는 좌석 몇 개를 골라서 안내하면 선택지가 줄어 예매 시간이 짧아진다.

서비스 불만을 일장연설로 쏟아놓는 고객에게는 "많이 불편하셨겠습니다", "저도 고객님의 입장이라면 기분이 좋지 않을 것 같습니다" 같은 말로 고객의 불편에 공감하면 상담이 쉽게 진행되곤 한다. 상품과 서비스에 대해 빠짐없이 알고 있고, 아는 척을 하고 싶어 하는 고객에게 가르치는 말투는 절대 금물이다. "고객님 말씀이 맞습니다", "고객님께서 말씀하신 것처럼…"이라며 고객에게 맞장구를 쳐주고 추켜세워주면 상담이 원활해진다.

•••

고객 입장에서 생각하기

고객을 위해서가 아니다. 내 마음을 보호하기 위해서다. 심하게 화를 내거나 짜증을 내는 고객을 만나면 상담이 괴로워진다. '배송이 늦은 게 내 탓인가? 왜 나한테 화풀이야'라는 생각이 들 때도 있지만, 내게 도움이 되는 방법은 아니다.

차라리 고객의 입장에서 생각하는 편이 좋다. '얼마나 보고 싶었으면 이러실까. 예매가 잘 안 되면 그럴 수도 있지', '남들은 다 받았다는데 나만 못 받으면 나 같아도 불안할 거야'라고 생각하면 화난 고객의 마음이 조금은 이해가 된다. 수화기 너머의 고객이 이해되기 시작하면 고객에게 받는 마음의 상처도 자연스럽게 줄게 된다.

•••

직접 테스트해보기

티켓 예매처의 콜센터다 보니 뮤지컬, 연극, 콘서트 등 공연 마니아들이 많다. 1년에 백 번도 넘게 공연을 보는 분들이라 공연에 대해서는 당연히 나보다 훨씬 잘 알고 있다. 이런 고객을 상대하려면 콜센터에서 안내하는 부분만큼은 내가 더 잘 알아야 한다. 모르는 부분이 있으면 직접 예매해보고, 회사에서 제공하는 여러 서비스를 이용해보자. 회사와 연동된 예매처에 가입을 하고 테스트를 해보는 것도 좋다. 결제수단을 여러 가지 준비해놓고 직접 결제까지 해보자.

실제로 알지 못하면서 신입 교육에서 받은 스크립트만 가지고 상담하는 직원이 있다. 처음에는 신입이라 그러려니 하지만 6개월, 1년이 되어도 신입 때보다 나아진 게 없어 크게 혼나기도 한다. 이것만 기억하자. 나보다 많이 알고 있는 고객에게 내가 안내해드릴 수 있는 것은 없다.

• • •

컨디션 조절

가장 중요하다. 잠을 늦게 자거나 과음하고 몸이 피곤한 상태에서는 하루 종일 상담이 어렵다. 최상의 컨디션에서도 쉽지 않은 게 상담인데, 몸이 피곤하면 상담에 집중하기 어렵고, 고객의 말에도 쉽게 짜증이 난다. 평소 같지 않은 실수도 나오고, 불친절로 민원이 걸리기도 한다. 상담은 체력이다. 듣는 태도도 건강에서 비롯된다.

...

메일 쓰기와 전화 스킬

본사나 기획사 담당자에게 문의해야 할 때가 있다. 본사 직원에게는 주로 메일을 쓰고, 기획사에는 전화를 하는 편이다. 이때 가장 중요한 것은 고객이 처한 문제 상황이 얼마나 급한 건이지, 얼마나 심하게 민원을 제기하는지, 어떤 보상이나 해결을 원하는지 요점을 추려 전달하는 일이다. 너무 간략하거나 장황하지 않게 나의 의도를 드러내는 것이 포인트다. 신입상담원들이 쓴 메일을 보면 내가 본사 직원이라도 답장을 쓰기 싫을 만큼 성의 없게 보내는 경우가 있다. 내가 쓰는 글, 통화 내용에 따라 문제 해결이 '되고 안 되고'가 달라질 수 있다.

콜센터 업무에 익숙지 않거나 상담에 어려움을 겪는 분들께 도움이 되는 글을 쓰려고 했는데, 써놓고 보니 참 별것 아니다. 앞에서는 대단한 비법인 양 잘난 척을 했는데 뻔하디뻔한 글이라 부끄럽다. 어디까지나 이 글은 고객이나 회사를 위한 게 아니라 상담원인 나를 위한 것이다. 고객이 만족하고 민원이 줄어야 내가 편하다. 콜센터 운영 시스템이 한참 잘못되었고 고쳐야 할 것투성이지만, 그 안에서 상담원들이 자신을 보호해야 한다. 실수가 잦아 고객과 관리자에게 매일같이 혼나다가 마음에 큰 상처를 입고 도망치듯 그만둔 상담원을 여럿 봤다. 누구든 실수로 혼나는 일을 많이 만들지 않았으면 좋겠다. 작정하고 덤벼드는 진상은 어쩔 수 없지만, 나의 실수 때문에 스스로를 괴롭히는 일은 없길 바란다.

주말에도
전화받네요?

○

　우리 콜센터는 365일 운영된다. 공연이 주로 있는 주말에 생기는 고객의 급한 문의를 받아야 하기 때문이다. 상담원은 대부분 주말 이틀 중 하루를 출근한다. 추석, 설, 공휴일에도 절반은 나와야 한다. 나도 그렇게 5년 동안 주 6일 근무를 해왔다. 콜센터 기본급은 혼자 서울살이를 해야 하는 내겐 너무나 빠듯했기에 주말 근무수당을 벌어야 겨우 살 수 있었다. 입사 첫해에는 공연이 많은 12월 한 달 동안 3일 쉬고 일한 적도 있다. 무려 21일 동안 연이어 출근해서 추가 근무시간만 90시간이 넘었다. 독했던 건지 바보 같았던 건지….

　평일 근무만으로 생계가 유지된다면 주말 근무를 하고 싶은 마음은 조금도 없다. 어릴 때 친척 어른이 "공부 열심히 안 하면 남들 쉴 때 일하게 된다"라는 잔소리에 짜증만 났는데, 5년간이

나 남들 일할 때도 일하고 쉴 때도 일하며 버는 돈은 쥐꼬리만큼이니 그분 말이 맞았나 싶은 생각이 든다.

2018년 주당 법정 근로시간을 52시간으로 제한하는 근로기준법이 생기면서 주말 이틀을 모두 출근하는 일은 없다. 그래도 거의 매주 주말 중 하루는 출근을 한다. 업무 강도로만 따지면 주말이 평일보다 낫긴 하다. 평일은 본사나 기획사에 문의해서 처리해야 하는 복잡한 콜이 많은데, 주말에는 한 번에 끝나는 단순 콜이 많다.

예를 들어 공연 일자 변경, 취소마감시간이 지난 당일 공연의 취소 요청, 티켓 분실 등의 문의가 대부분이다. 안타깝지만 "당일 공연은 취소 불가합니다", "분실 입장은 불가합니다", "공연 시간의 변경은 불가합니다"라고 안내할 수밖에 없다. 고객에게 계속 "불가합니다", "도움드리기 어렵습니다" 부정적인 말을 반복하다 보면 상담원도 기운이 빠진다. 문득 이 좋은 주말에 남들은 뮤지컬에 연극에 콘서트를 보러 가는데 나는 닭장 같은 콜센터에 틀어박혀서 전화나 받고 있다는 생각에 서글퍼진다. 특히 날 좋은 봄, 가을에 열리는 야외 공연이 있는 날은 더 그렇다. 주말 퇴근길마다 나만 빼고 다 놀러 다니는 사람들인 것 같아 씁쓸해진다. 겨우 하루 쉬는 날이 있어도 몸이 고되 쉴 수밖에 없으니까.

예전처럼 무식하게 출근하지 않고, 아주 가끔이지만 주말 이틀을 다 쉬기도 한다. 주말에도 출근을 하는 사람으로서 '불금'이라는 말을 제일 싫어했는데 이틀을 다 쉴 때는 어디로 굳이 놀러가지 않아도 마음만은 불타오른다. 영화를 보고, 가끔 친구를 만나 술 한잔 하고, 집에서 예능프로그램을 보는 일밖에 없지만 이틀간 회사를 나가지 않아도 된다고 생각하면 그렇게 마음이 너그러워질 수가 없다. 급여는 줄어들었지만 그만큼 여유가 생겼으니 괜찮다.

콜센터 일이 질린 데는 주 6일 출근이 분명 큰 영향을 줬다. 기업과 함께 성장하고 싶다는 말은 자기소개서에나 쓰는 말이겠지만, 적어도 내가 바닥나는 듯한 기분으로 일하고 싶지는 않다. 누구든 직장 안에서는 열심히 일한 만큼 가치를 인정받고, 회사 문을 나서면 진짜 나를 위해 살아갈 에너지와 여유가 조금은 남아 있었으면 한다.

배부른 소리에
관심 갖기

○
○

콜센터의 문제는 오래전부터 수면 위로 드러나기 시작했다. 사회에서 인권을 존중받지 못하는 노동환경에 처한 상담원 이야기가 보도되고, 진상 고객이 화제가 되었다. 상담원의 현실이 밝혀지는 것을 보며 혹시 콜센터가 바뀌지 않을까 기대했지만, 달라진 건 없다. 2018년 10월 '감정노동자 보호법'이라고 불리는 산업안전보건법 개정안이 시행되어도 우리가 일하는 현실은 예전 그대로다. 상담원의 아픔이 사라지는 건 인공지능으로 대체할 때에나 가능한 일이라는 생각마저 든다.

모두가 지쳐 있어서 그런가. 주위를 둘러보면 어디 하나 여유 없이 바쁘고 고단한 사람들뿐이다. 나보다 형편이 나아 보이는 이들도 매일 먹고살 걱정을 붙들고 있다. 조금만 정신을 놓고 있다가는 언제 뒤처질지 모르는 끝이 없는 마라톤을 하고 있는 듯하다. 한참 뒤처져 있다고 생각하는 나도 혹시 내 뒤에 아무도 없는 게 아닐까, 정말 내가 꼴찌가 되어버린 걸까 하는 불안에 휩싸일 때가 있다. 내 몫을 살아내기에도 버거운 삶 속에서 타인의 목소리에 귀 기울이기란 쉽지 않다. 이 글을 쓰는 나조차도 그러하니까.

내가 쓴 글이 우연히 인권위원회 블로그에 소개된 적이 있다. 앞서 언급한 콜센터의 점심시간에 관한 글로, 마지막 통화가 길어지면 점심시간 한 시간을 온전히 쉬지 못하고, 점심시간이 매일 달라져서 고충이 있다는 내용이었다. 게시글에 달린 댓글을 확인하고 예상과 다른 반응에 놀랐다. 30분 만에 점심을 해결해야 하는 사람, 심지어 점심시간이 제대로 주어지지 않는 직종에 종사하는 사람들이 상담원은 오히려 편한 일이 아니냐며 배부른 소리를 한다는 내용이었다. 기대했던 위로와 공감이 아니었다.

댓글이 이해되지 않는 건 아니었지만, 씁쓸했다. 어떤 일보다 콜센터 일이 힘들고, 상담원이 가장 불행한 직업이라는 생각에서 쓴 글이 아니었다. 상담원으로 살아가는 나의 이야기를 아무에게라도 전하고 싶었을 뿐이다. 누구나 자신의 일에 괴로움이 있고, 무엇 하나 힘들지 않은 직업이 없다. 누가 더 불행한지 대결하기보다 눈에 보이는 문제를 하나씩 고쳐가는 쪽이 우리의 노동환경을 개선하는 데 도움이 된다고 믿는다. 쉽진 않겠지만 서로의 아픔을 외면하고 비난하기보다는 이해하고 공감하는 노력이 필요하다. 그 시작은 개인이 처한 어려움을 자유롭게 말할 수 있는 사회가 되는 것부터가 아닐까.

몇 해 전 콜센터의 안내멘트를 '착한 우리 딸이 상담해드릴 예정입니다', '사랑하는 우리 아내가 상담해드릴 예정입니다'로 변경한 기업의 광고가 화제였다. 감동적이라는 반응이 많았지만, 나는 그 광고가 마음에 들지 않았다. 작정하고 진상을 부리는 고객이 저런 안내멘트 하나에 마음을 고쳐먹을까? 설령 고객의 민원이 줄어든다고 해도 콜센터는 여전히 화장실 가는 시간을 제한하고, 조금이라도 후처리가 길어지면 관리자의 고성이 터져나오는 곳이겠지. 상담원이 겪는 고통은 별반 달라지지 않을 거라는 회의가 들었다. 무엇보다 상담원은 누군가의 엄마나 자식이라서가 아니라, 그 존재 자체로 존중받아야 한다는 생각이 미치자 사려 깊지 않은 광고가 좋아 보일 리 없었다.

그로부터 몇 해가 지났다. 내가 입사하기 한참 전부터 존재해온 콜센터라는 세계가 하루아침에 바뀌는 기적은 일어나지 않을 것이다. 변하지 않는 콜센터를 보면서 지금은 생각이 조금 달라졌다. 따뜻한 안내멘트로 고객의 화가 누그러지고 그로 인해 단 몇 명의 상담원이라도 스트레스를 덜 받는다면 그것만으로 긍정적인 일이라고. 썩 마음에 드는 방법이 아닐지라도 변화를 위한 시도는 좋은 일이다. 작은 변화에도 목말라 있는 상담원들이 좋은 환경에서 일할 수 있게 하루빨리 개선되기를 바란다.

비록 나는 퇴사를 결심했지만, 상담원의 현실에 관심을 놓지 않으려 한다. 콜센터에서 일어나는 작은 변화의 움직임을 계속 기도하고 또 응원할 것이다.

4장

삶은
삶 그대로 살아진다

사회생활이 뭐길래

○
○

아직도 〈미생〉을 끝까지 못 봤다. 처음 웹툰을 접하고 어떻게 이렇게 현실적인 직장의 모습을 그려낼 수 있을까 감탄하며 봤는데, 읽을수록 마음이 힘들었다. 내가 제대로 해내지 못한 직장생활이 떠올라서였다. 드라마는 조금 다르지 않을까 싶어 다시 시도했지만 역시 중간에 포기했다. 웹툰의 2D 캐릭터가 배우로 변하니 더욱 현실처럼 느껴져 기가 빨렸다. 나는 직장을 다루는 드라마도 제대로 못 볼 만큼 사회생활을 못하는 사람이다. 어쩌면 낙오자라는 표현이 어울리는.

콜센터에 들어오기 전 근무한 회사들에선 1년을 버틴 적이 없다. 겉보기엔 번듯한 회사였지만 막상 들어가 보니 미래의 내 모습일 대리, 과장은 일에 찌들어 좀비가 따로 없었다. 여기서 내

젊음을 바칠 수는 없다는 생각에 뒤도 돌아보지 않고 나왔다. 그 다음 회사도 비슷했다. 처음 회사에 다닐 때보다 환상은 없었지만, 여전히 만족스럽지 않은 회사와 견디기 힘든 상사 때문에 금방 그만뒀다.

절박하지 않았고, 여길 나가도 금방 좋은 곳에 갈 수 있다는 자신감, 아니 착각 때문이었다. 무엇보다 버티지 못한 가장 큰 이유는 내가 사회생활에 적합하지 않은 사람이라서다. 이성적으로 생각할 줄 모르고 내게 일어나는 모든 문제를 감정적으로 받아들였다. 수직적인 조직문화, 엄격한 위계질서, 상사와 동료 간의 관계 같은 것들에 적응하기 어려웠다. 일류 기업은 아니어도 이름이 알려진 중견기업을 어렵게 들어가 놓고 박차고 나오다니. 연이은 적응 실패에 자신감이 떨어졌다.

백수생활이 길어져 급한 돈을 메우려고 잠깐 콜센터에 들어왔다고 했지만, 일반 기업과 다른 곳이라서 선택한 이유도 있었다. 상사, 동료들과의 관계에 마음 쓰는 일이 적고, 걸려오는 전화만 받으면 될 줄 알았으니까. 텃세가 심하다는 말을 들었지만 나는 워낙 튀지 않고 무난해 미움받은 적이 별로 없기에 크게 걱정하진 않았다.

콜센터 일은 상사나 동료와 호흡을 맞추기보다 독립적으로 할 수 있는 일이니만큼 확실히 관계에서 오는 스트레스가 덜했다. 인바운드 콜센터라 야근이 없고 회식이 드물다는 점도 좋았다. 관리자가 되지 않는 이상 상담원에게 승진은 없기에 진급을 하려고 줄을 잘 서야 한다거나 아부할 일도 없다. 물론 인센티브를 잘 받으려면 팀장 평가가 중요하게 반영되긴 하지만, 고작 5만 원 더 받자고 관리자에게 잘 보일 생각은 없다. 이런 홀가분함 때문에 나같이 사회생활에 젬병인 사람도 5년이나 다닐 수 있었는지 모르겠다.

하지만 콜센터도 나름의 애로사항이 있다. 워낙 다양한 사람이 모이는 곳이라 사회생활의 기본조차 갖추지 못한 사람을 만날 때가 그렇다. 간단한 업무를 아무리 알려줘도 이해를 못해서 실수하는 사람, 고객과의 약속을 지키지 않거나 대충 일 처리를 해서 문제를 일으키는 무책임한 사람, 아무렇지 않게 지각과 결근을 반복해서 동료들의 일을 늘리는 나태한 사람들이 의외로 많다. 그들은 동료와 관리자에게 미움을 받는다. 정도가 심한 사람은 제 발로 회사를 나가게 하려고 일부러 심하게 혼내는 일도 봤다. 인격모독에 가까운 이야기를 뱉어내는 관리자를 보면서 너무 심한 게 아닌가 했지만 한편으로는 관리자의 답답함도 이해가 됐다. 그 순간, 늘 감정만 앞서는 내가 회사와 관리자의 입장에서 생각하다니 사회의 때가 묻었구나, 싶었다. 어쩌면 사회생활에 적응하지 못하는 내게는 반가운 일인지도 모른다는 생각이 스쳤다.

콜센터에서 배운 사회생활도 있다. 할 말은 하고 요구할 때는 해야 한다는 것. 욕망을 드러내면 큰일 나는 줄 아는 답답이인 주제에 욕심은 많아서 화병 날 때가 많았다. 입사하고 2년쯤 일반 상담 업무에 비해 편한 VIP 상담 부서로 갈 기회가 생겼다. 팀장이 일반상담원들을 대상자로 뽑는데 그중에서 내가 가장 오래된 직원이기도 했고, 상담품질 점수나 직무 이해도에서 나보다 나은 이가 없었다. 당연히 내가 대상자려니 했는데, 나보다 1년 늦게 입사한 후배가 그 자리에 올랐다. 대단한 자리는 아니었지만 화가 나고 억울했다. 마음속에서는 당장이라도 팀장에게 쫓아가 내가 뽑히지 않은 이유를 따져 묻고 싶었지만, 후배와 절친한 사이인데다 내 욕심을 드러내는 게 부끄럽고 도저히 못 할 짓인 것 같아 속앓이만 했다.

퇴사를 결정하고나서 속앓이는 줄었다. 욕망을 드러내도 나를 이기적이거나 속물이라고 보는 사람도 없었다. 이제 남은 건 나이만 먹은 채로 냉혹한 사회의 쓴맛을 볼 수 있다는 걱정이다. 두려워하든, 두려워하지 않든 결국은 스스로 견뎌야 할 일이다. 지난 5년간 있는 그대로의 사회를 마주할 용기가 내안에서 조금 씩 자라났으니까.

통장 잔고가
스트레스처럼 쌓이면 좋겠다

○
○

    콜센터 상담원에게 무엇보다 중요한 것은 스트레스 관리다. 해탈의 경지에 이르러야 스트레스를 안 받고 살 수 있겠지만, 업무에서 받은 스트레스를 퇴근해서 집까지 갖고 가거나 며칠이 지나도록 마음에서 털어내지 못한다면 이 일을 오래하기 어렵다. 그래서 콜센터 업무에 가장 적합한 성격으로 무던함을 꼽고 싶다.

    나는 타고나기를 예민한 성격이라 처음엔 콜센터 업무와 어울리지 않는다고 생각했다. 그런데 신기하게도 회사 밖을 나오면 그날 있었던 일을 까맣게 잊어버렸다. '의외로 잘 맞는데?' 하며 다니다가 3년쯤 되었을 때 문제가 터지기 시작했다. 진상 고객은 지긋지긋하고 조금도 나아지지 않는 상황에 무기력해졌다. 미래에 대한 불안은 커지고 마음에 여유가 하나도 없었다. 자존감은 갈수록 바닥으로 떨어졌고 항상 우울했다. 고객에게 화를 낼 수도 없었기에 주위 사람들과 마찰이 생겼다.

팀장이나 부팀장이 뭐만 시키려고 하면 "그걸 왜 저한테만 시키세요?", "다른 사람 다 하는 거면 저도 할게요." 같은 말을 내뱉으며 엇나갔다. 말 잘 듣는 나만 더 부려먹는 것 같아 괜히 분해서였다. 그나마 잘 지내던 동료들과도 삐거덕거렸다. 만날 헤헤거리고 다니니 우습게 보는 것 같고, 제대로 된 대우를 못 받는다는 생각에 짜증을 부리는 일이 많아졌다. 화가 가장 일어나는 순간은 예상외로 점심시간이었다. 동료의 작은 농담도 그냥 넘어가지 못하고 발끈해서 식사 분위기를 불편하게 만들고, 상처를 주는 일이 생겼다. 내가 외면해버린 스트레스가 나도 모르게 마음 한편에 쌓여 망가지고 있었다.

따뜻하고 남을 배려하던 내 장점까지 모두 잃어버린 것 같아 이곳에 남은 정마저 떨어졌다. 이렇게나 망가진 나를 어떻게 구제하면 좋을지 고민했다. 그 당시에도 퇴사 생각이 났지만, 회사를 관두더라도 지금 상태에서 그만두는 것은 아니라고 생각했다. 나부터 먼저 달라져야 퇴사를 하고서라도 제대로 살아갈 수 있을 테니까.

처음 시작한 게 명상이다. 우연히 스트레스 관리에 명상이 좋다는 얘기를 듣고 명상 앱을 활용해 자기 전과 아침에 일어나서 10~15분 정도 명상을 했다. 욱해서 동료에게 날카로운 말이 튀어나올 것 같으면 마음속으로 30초를 세며 멈췄다. 불안한 마음이 생길 때는 점심시간에도 명상을 했다. 극적인 변화는 없었지만 효과는 분명 있었다. 동료들의 작은 농담에도 발끈하던 전과 달리, 웃으며 넘길 수 있는 여유가 생겼다. 한없이 우울해지고 비관적인 생각에 빠지는 일도 줄었다.

그다음으로 우울증과 스트레스에 도움이 된다는 마그네슘과 비타민 D를 챙겨 먹었다. 위약효과인지는 모르겠지만 역시 마음의 동요가 줄어든 듯했다. 차를 마시는 것도 도움이 됐다. 회사에서는 커피를 마시지 않으면 머리가 돌아가지 않고 멍한 기분이라 아침, 점심마다 커피를 마셨다. 이상하게 출근하지 않는 주말이면 매번 머리가 깨질 듯한 두통이 있었는데 알고 보니 카페인 중독현상이라고 했다. 짜증, 불안, 신경과민과 같은 부작용이 있다고 해서 커피는 하루 한 잔으로 줄였다. 대신 카모마일, 라벤더 차를 마시면서 심신 안정을 도왔다.

무엇보다 마음의 불안과 스트레스를 근본적으로 바라보기 위해 글쓰기를 시작했다. 구체적으로 배우고 싶은 마음에 숭례문 학당을 다니며 필사 수업을 듣고, 100일 글쓰기 수업을 끝마쳤다. 글을 쓰는 동안 내 마음을 차근히 바라보고, 막연하게 느낀 불안과 결핍, 아픔을 대면할 수 있었다. 보이지 않는 불안은 나를 삼킬 듯이 크지만, 직접 보려고 노력하면 불안의 크기는 작아진다는 것을 알았다. 짧지 않은 100일간 나를 위해 시간을 들이고 성실히 글쓰기를 마치며 자부심이 한 뼘 자라난 기분이었다. 이때 시작한 글쓰기가 원동력이 되어 지금의 콜센터 이야기가 만들어진 셈이다.

회사 사람들이 진담 반 농담 반으로 하는 말이 있다. 콜센터가 만병의 근원이며, 퇴사는 만병통치약이라는 말. 아마 직장이든 어디에 속한 사람이라면 공감할 것이다. 현실의 문제로 당장 퇴사를 할 수 없던 나는 피할 수 없는 스트레스에서 나를 지키는 방법을 찾았다.

게임 또는 운동, 여행 등 자신에게 잘 맞고 유익한 취미생활을 찾아보자. 스트레스에 짓눌리지 말고, 그렇다고 스트레스를 모른 척하지도 말자. 적당히 달래고 때론 져주기도 하며 스트레스와 동고동락하면서 우리는 모두 잘 살아야 하니까.

나의 친구에게

○
○

　　대학 친구 일곱 명이 모여 있는 채팅방에 알림이
울렸다. 건설회사에 다니는 친구가 6개월 동안 이라크 현장에
파견을 간다는 소식이었다. 애가 어려서 안 간다고 버티다가 도
저히 내뺄 수 없는 상황이라 가게 되었다고. 이 친구와는 대학
신입생 오리엔테이션에서 만나 지금까지 친하게 지낸다. 만나면
까불고 장난만 치는 사이인데 왠지 오늘은 따뜻한 말을 해주고
싶어서 건강히 잘 다녀오라고 마음을 전했다.
　　예전에 나는 이 친구를 종종 미워했다. 지나친 장난으로 화를
돋우거나 셈이 빨라 손해를 보지 않는 모습이 얄미웠으니까. 어
디까지나 다 어렸을 때 얘기고, 이제는 장난을 치며 다투고 화해
하는 일은 잘 없다. 일곱 명 모두 저마다 살기 바빠 예전처럼 자
주 보지는 못하지만, 이따금 만나도 즐겁다. 감정의 진폭은 낮아

지고, 농도는 더해진 우리다.

　콜센터에 다니면서 원래도 없던 인맥이 점점 줄어들었다. 지인들이 "요새 무슨 일 하고 지내냐"는 인사에 콜센터에 다닌다는 말이 안 나와 피하기만 했다. 가뜩이나 친구들에게 먼저 연락하는 살가운 성격도 아니라 얕은 관계들은 끊어졌다. 그런데 이런 못난 내가 좋다며 찾아주는 친구가 채팅방의 주인공들이다. 형제 같은 제주도의 친구들도 빼놓을 수 없다.

　이제 우리 관계의 2막이 열렸다. 결혼해서 자식을 낳고 직장에서도 잘 나가는 친구들과 비교될 때가 있지만, 생각하기 나름이다. 아무렴 친구가 망한 것보단 잘된 게 좋지 않은가. 매일 붙어 다니던 대학 시절에는 친구들이 내 인생에서 큰 조각이었다. 소외되거나 멀어지지 않을까 불안해하며 관계에 집착한 적도 있다. 지금은 결혼한 친구들은 가족이 먼저고, 나 같은 싱글은 나와 내 미래가 먼저다. 콜센터 일에 치이고 먹고사는 걱정에 집착할 여력도 없다. 우리의 관계가 깊어진 데는 이런 집착을 덜어낸게 한몫했다.

　지난번 술자리에서 친구에게 맨정신으로 쑥스럽게 이야기했다. "대학 시절에는 네가 싫은 적도 많았는데 요새는 아니야. 네가 참 좋은 친구인 걸 이제 알겠어"라고. 사회생활을 하며 온갖 못된 놈들을 만나다 보니 너는 아무것도 아니었다는 우스개 소리를 덧붙였지만.

　나는 성숙해지지 못했지만 관계가 먼저 성숙해지고, 그 관계에서 내가 배우기도 한다. 파견 나간 친구가 별일 없이 돌아오면 술 한잔하자고 해야지.

못난 나를
털어놓는 일이란

○
○

　며칠 전 친구가 보낸 메시지를 보고 조금 놀랐다.
대학 친구들이 모여 있는 채팅방에선 오랜만에 얼굴이나 보자며
만날 날짜를 투표하고 있었다. 언제가 좋을지 한창 떠들던 중 침
묵을 지키던 친구 녀석이 "한동안 잠수를 타야 될 것 같은데, 채
팅방을 나가기 전에 얘기는 해야 할 것 같아서"라며 말을 시작
했다.
　결혼한 지 얼마 되지 않은 친구는 회사에서 영업직으로 보직
이 바뀌면서 일주일에 사나흘은 술을 마시고 집에 들어간다고
했다. 주말에도 출근하는 날이 잦아 자연히 가정에 소홀해졌고,
갑자기 아내의 건강에 이상이 생겨 여러모로 힘들다는 이야기를
털어놨다. 직장도 그만두었다고 했다. 가정도 돌보고, 원하는 분
야에서 일을 하려고 공부를 시작한다며, 당장은 여유가 없으니

상황이 나아지면 연락하겠다는 말을 남겼다.

가정이 있는 서른넷의 남자가 누구나 알만한 대기업을 그만두고 새로운 분야로 전향하는 일은 쉬운 결정이 아니었을 것이다. 힘들다는 말은 가끔 했었는데 퇴사를 결심할 만큼 고통스러웠을 줄은 생각도 못했다. 갑작스러운 말에 뭐라고 답을 해야 하나 고민하고 있는 사이에 친구는 채팅방을 나갔다. 우리가 나눈 일상의 대화가 친구에게는 아픔이었을 수도 있었겠다 싶어 미안해졌다. 그리고 자신의 고통과 어려움을 꺼내 보이기까지 많은 용기가 필요했을 텐데 솔직하게 말하고 양해를 구하는 친구가 고마웠고, 대단해 보이기까지 했다.

나는 가까운 사람들에게도 털어놓지 못하는 말들이 많다. 나를 한심해하지 않을까, 나에 대한 사랑이 식지 않을까, 별 볼 일 없는 나를 멀리하지 않을까 하는 걱정에서다. 참 못난 생각인 걸 알지만 쉽게 극복이 안 된다. 내가 원래 못난 인간인지, 상황이 나를 이렇게 만들었는지…. 나를 감싸고 놓아주지 않는 부끄러움을 언제쯤이면 떨쳐낼 수 있을까. 나를 먼저 사랑하는 것부터 시작이 아닐까.

나를 사랑하는 건 어떻게 하는 거더라…. 세상엔 말로는 쉬워도 실제로 하기에는 어려운 것들이 너무나도 많다. 이제부터가 시작이겠지.

이러지도 저러지도 못하는
서른넷

o
o

서른에는 뭐가 돼도 되어 있을 줄 알았다. 서른넷쯤 되면 확고한 가치관을 갖고 내가 뜻하는 방향으로 삶을 끌어나가고 있을 줄 알았는데….

대단히 성공하지는 못하더라도 지금처럼 좁아터진 집에서 다음 달 카드값 걱정을 하며 사는 건 계획에 없었다. 매일 때려치운다는 소리를 하면서도 꾸역꾸역 회사에 나가 전화를 받고, 내 인생에 희망은 로또밖에 없다는 말을 진심으로 하고 살 줄은 꿈에도 몰랐다. 나이를 먹으면 자연히 성숙해지고 어른이 될 줄 알았는데, 아직도 방황하고 있다.

하루는 내 모습을 온전히 담은 글을 보고 놀랐다. 김애란의 〈서른〉에서다.

수인은 부모님께 효도하려는 꿈을 가지고 노량진에 입성해 유명 대학을 목표로 재수생활을 한다. 꿈꾸던 대학에 입학하고 누구보다 열심히 학업과 아르바이트를 병행하지만, 집안에 예상치 못한 빚이 생기면서 경제적으로 큰 어려움을 겪는다. 그때 마침 헤어진 남자 친구에게 다단계를 소개받고, 덫에 빠져 상황은 갈수록 나빠진다. 그러던 어느 날 수인은 학원 강사 아르바이트를 하던 시절 제자였던 혜미와 우연히 연락이 닿는다. 수인은 혜미를 다단계로 끌어들이고 자신만 빠져나온다. 혜미의 연락을 무시하던 수인은 혜미가 자살시도를 해서 식물인간이 되었다는 소식을 듣는다.

스무 살의 수인은 재수생활을 마치면서 고시원 방을 같이 쓴 언니에게 1년 동안 모은 빵집 마일리지 카드를 선물할 만큼 순수했었다. 10년 후 그녀는 다단계의 구렁텅이에 자신 대신 제자를 밀어 넣고, 죽음의 문턱에 이르게 하고도 사과할 용기가 없어 고민하는 서른이 되었다. 새벽부터 밤까지 학원가를 오가는 아이들을 보며 수인은 이런 생각을 한다. '너는 자라 내가 되겠지… 겨우 내가 되겠지.'

10년 전 해맑던 스무 살 시절과는 너무 달라진 내 모습에 서러워지고, 10년 후 마흔이 되어 있을 나의 미래가 보이지 않아 불안한 나이가 서른이다. 주위를 돌아보면 벌써 큰 성공을 한 사람들 때문에 더 초라해지는 때다. 나를 수식하는 데 '겨우'라는 단어를 사용하기 시작하는 나이가 서른이라는 생각이 든다. 잊히지 않는 잘못 하나쯤은 마음에 담아두고 살지만, 잘못을 모른 척하지도, 깨끗이 용서받고 씻어버리지도 못하는 나이. 어쩌면 서른은 삶의 갈림길에 서 있는 나이일지도 모른다.

훗날 기억될 나의 서른넷은 어떤 모습일까. 비록 찬란하거나 치열하지 못했더라도 비겁하지는 않았기를 바라본다. 서른넷의 삶도 이제 한 달 남았다. 아무것도 이룬 게 없다고 느끼는 시간 속에서 조금이라도 달라진 내 모습을 찾는다.

꿈꾸는 시기는
언제라도 좋다

○
○

구직활동을 하던 대학 졸업반 시절에는 일부 공기업에 입사지원을 할 때 고등학교 생활기록부를 제출해야 했다. 생활기록부를 인터넷으로 다운받아 보는데 '장래희망' 란에 '공무원'이라고 적혀 있는 걸 보고 흠칫 놀랐다. 나는 지금까지 살면서 공무원을 꿈꾼 적이 없다. 무엇을 꿈꿔도 용서가 되는 열일곱 소년의 장래희망 란에는 왜 공무원이 쓰여 있었을까.

어쩌면 부모님의 꿈이었을지도 모르겠다. 부모님의 바람이 나의 장래희망일 만큼 그때의 나는 꿈이 없었다. 상상할 수 있는 가장 큰 꿈을 꿔도 모자라던 때 꿈 없이 지냈다고 생각하니 억울함이 몰려왔지만, 생각해보면 내 또래들 대부분이 그랬다. 무엇을 하고 싶은지 생각할 시간도 없이 수능 성적에 맞춰 대학과 전공을 정하고, 그게 직업이 되는 줄로만 알던 때였다.

꿈이 전혀 없었던 것은 아니다. 노래에 소질을 발견한 중학교 1학년 이후로 줄곧 가수, 뮤지컬 배우가 되고 싶었다. 죽기 살기로 해도 어려운 일이었는데, 나처럼 숫기 없고 얌전한 애가 가수를 꿈꾼다고 하면 사람들이 비웃을까 봐 제자리에만 머물러 있었다.

콜센터를 다니며 가벼운 우울증을 앓았던 시기도 있었고, 무기력증은 지금도 겪고 있다. 그나마 다행은 갑갑한 상황 속에서도 '진짜 나'에 대한 생각을 많이 했다. 지금의 내 꿈은 무엇인지, 그 꿈을 이루기 위해 어떤 노력을 하고 있는지.

나는 나를 받아들이기로 했다. 민감한 성격을 지녔지만 동전의 양면처럼 그 반대에는 풍부한 감수성과 이해심이 가득한 나를.

나를 있는 그대로 인정하니 길이 보였다. 차분하게 내 생각을 글로 옮기고, 누구나 쉽고 재미있게 읽을 수 있는 이야기를 전달하는 소질, 거기에 예민하고 풍부한 감수성을 더하면 괜찮은 이야기를 만들어낼 수 있지 않을까 생각했다. 나는 글을 쓰는 작가가 되기로 다짐했다.

글쓰기 수업을 듣고, 블로그를 만들어 글을 쓰기 시작했다. 주로 나를 갉아먹는 것 같던 콜센터에서 경험한 이야기가 글감이 되었다. 힘들었던 나의 이야기는 누군가에게 위로가 되어주었고, 응원이 담긴 댓글을 보며 나도 힘을 얻었다. 예전처럼 주변을 신경 쓰느라 내 꿈을 숨기고, 마음속에만 담아두는 내가 아니었다.

서른 중반에 새로운 꿈이라니, 삶에 작은 에너지가 생긴 듯하다. 너무 늦었나 싶은 생각이 들기도 하지만 도착할 수만 있다면 늦은들 어떠할까. 자신이 있다가도 불쑥 나를 의심하고 겁이 날 때가 있다. 나를 믿는 게 가장 어렵지만, 이번에는 최선을 다해 믿어보려 한다. 지금의 나를 믿어줄 사람은 나밖에 없다는 것을 이제는 알기에.

그때의
그 김 과장님

○
○

늦게 생긴 작가라는 꿈을 쉽게 포기하지는 않으려 한다. 《7년의 밤》을 쓴 정유정 작가는 간호사로 일하다 마흔하나에 등단을 했고, 요나스 요나손도 데뷔작 《창문 넘어 도망친 100세 노인》을 마흔일곱에 써 세계적인 베스트셀러 작가가 됐다. 다른 삶을 살다가 작가가 된 그들처럼 콜센터 상담원 출신의 소설가가 되는 게 간절한 소망이다. 엄청난 작가들과 비교하기가 좀 양심 없는 일이긴 하지만 어쩔 수 없다. 꿈을 말하면서 '서른 중반이 넘은 나이에 작가가 되어보겠다고 까불다가 보기 좋게 망하고 누구에게도 기억되지 못한 채 사라질 것'이라고 할 수는 없지 않은가.

나의 꿈의 여정에 좋은 본보기가 되어준 사람이 있다. 대학 졸업 후 고향인 제주도에서 공기업 청년인턴으로 일할 때였다. 단순 업무보조였지만 같은 부서의 분들이 모두 좋아 즐겁게 일했다. 특히 30대 중반 남자 과장님이 기억에 남는다. 종종 퇴근하고 저녁을 사주셨는데, 그분께 인생 상담을 하며 나눈 대화들이 아직까지도 따뜻하게 남아 있다. 인턴 기간이 끝날 무렵, 때마침 올라온 공채 공고에 과장님이 도전해보라며 격려해주셨지만, 안타깝게도 필기시험에서 낙방하고 말았다.

인턴이 끝나고도 먼저 연락을 주셨지만, 워낙 관계 유지에 서툰 나라서 연락이 끊겼다. 그렇게 7년 후 과장님의 카카오톡 프로필 사진에 예쁜 카페 사진이 올라온 걸 보았다. 좋은 원두를 공수해서 직접 로스팅하는 전문가의 분위기가 물씬 풍기는 카페였다. 나중에 고향에 가면 들러볼까 해서 블로그를 찾아보는데, 과장님이 운영하는 카페임을 알 수 있었다. 알고 보니 직장을 그만두고 제주도 외곽에서 새로운 삶을 시작하고 계셨다. 블로그에는 현재 카페의 모습과 카페를 창업하기까지 모든 준비과정이 담겨 있었다. 건물 설계부터 시공, 인테리어, 조경과 가구 제작까지 과장님의 손이 닿지 않은 게 없었다. 신의 직장이라고도 불리는 공기업을 그만두고, 자신이 좋아하는 곳에서 꿈꾸던 일에 뛰어든 용기가 멋있어 보였다.

선뜻 연락을 드릴 생각은 못하고 오랜만에 블로그에 들렸는데 한동안 올라온 글이 없었다. 혹시 무슨 문제가 있나 싶어 인스타그램에서 카페 계정을 찾았다. 우려와는 달리 조만간 공장형 로스터리 카페로 확장 이전을 한다는 소식이 있었다. 좋은 기억으로 남아 있는 사람이 원하는 일을 하며 잘되는 모습을 보니 진심으로 기뻤다.

한편으로는 내가 끔찍하게 생각하며 떠날 궁리만 하던 고향 제주도가 어떤 이에게는 꿈을 이뤄가는 곳이라는 생각에 묘하게 씁쓸했다. 나는 제주도를 떠나면서 어떤 꿈을 꿨을까. 어쩌면 지금까지 제대로 된 꿈을 꾼 적이 없는지도 모르겠다. 힘든 일을 피하거나 그만두면서 '이건 내가 바라던 꿈이 아니야'라고 핑계 댈 때만 꿈을 이용한 건지도.

조금 늦게 생긴 작가라는 꿈만큼은 꼭 이루고 싶다. 꿈을 이뤄가는 모습으로 좋은 가르침을 준 과장님에게 고맙다. 조만간 제주도에 내려가면 과장님 카페로 찾아가 마음을 전해야지.

그래도, 어쩌면, 혹시나

：

블로그와 브런치에 콜센터에 관한 글을 쓰기 시작하면서 방문자가 제법 늘었다. 유입경로를 보니 '콜센터 업무', '콜센터 진상', '상담원 월급' 같은 단어 검색이 대부분이다. 짐작건대 콜센터 입사를 고민하는 사람일 것이다. 어쩔 땐 방문자들이 댓글로 자신의 상황과 성격을 말씀하면서 콜센터 입사를 추천하는지, 콜센터 일을 버틸 수 있을 것 같은지 묻는다.

고심한 흔적이 보이는 질문에 어떤 대답을 해야 할지 걱정이 앞섰다. 콜센터에 5년을 다녔지만 다른 콜센터의 상황은 잘 알지 못할뿐더러 내가 뭐라고 타인의 삶에 훈수 둘 자격이 있을까 싶어서였다. 댓글을 남긴 분들은 얼굴 한 번 본 적 없는 내게 대단한 답변을 기대하지는 않았을지도 모른다. 되도록 솔직한 내 생각을 전하고 싶어서 고민을 해보지만, 매번 비슷한 답을 한다.

'평생직장이나 오래 다닐 일로는 추천하지 않지만, 삶에서 한 번쯤은 경험해도 나쁘지 않다'고.

대학 시절 무섭기로 소문난 전공 교수님이 '혼자 동굴에서 쑥과 마늘을 까먹으며 견디는 시간이 있어야 진짜 사람이 된다'는 말씀을 자주 했다. 끔찍이 싫어했던 그 말이 10년이 넘도록 또렷하게 남아 있다. 아이러니하게도 콜센터에서 일하는 동안 그 말은 버팀목이었다. 내 인생이 망했구나 싶고, 나 자신이 한없이 미울 때마다 '이 시간은 동굴에서 사람이 되기를 견디는 시간이다'라고 위로했다.

그렇다고 내가 동굴을 견뎌내고 진짜 사람이 되었다는 건 아니다. 지금도 동굴 속에서 허우적대는지도 모른다. 한계에 다다른 마음과 좀 더 의미 있는 일을 하고 싶다는 열망이 더해져 퇴사를 결정했을 때도 아무것도 준비되지 않았다. 덜컥 회사를 그만뒀다가 직장을 구하지 못해 콜센터로 돌아오게 될까 봐 공포스럽기까지 했다. 그래도 5년간 콜센터에 다니면서 믿음 하나는 얻었다. 동굴은 반드시 끝이 난다는 믿음. 내가 이렇게 끝나지는 않을 거라는 믿음.

사람들은 이직을 하면서 이전 회사보단 좋길 바라지만, 현실은 그렇지 못하다. 나 역시 콜센터에서 일을 시작했을 땐 인생이 망하는구나 싶었다. 시간이 흘러도 진상 고객은 익숙하지 않았고, 회사에서 부품 취급을 받는 현실을 받아들이는 것은 더 괴로웠다. 매일 침대에서 눈뜨자마자 출근하기 싫다고 소리를 지르면서도, 월세와 카드값 걱정에 꾸역꾸역 출근길 지하철에 올랐다.

몇 해 반복된 생활을 하면서 찌그러졌을 순 있어도 망가지지는 않았다는 생각이 들기 시작했다. 욕을 먹어 번 돈이지만 먹고 싶은 걸 먹고, 사고 싶은 걸 샀다. 큰돈을 벌진 못해도 남에게 폐 끼치며 살진 않았다. 내가 꿈꾸던 미래와 생판 다른 모습이지만 어떻게든 살아지긴 했다.

어떨 때는 더한 힘듦도 올 테면 와보라지 하는 오기도 발동한다. 남들은 3개월도 힘들다는 콜센터를 5년 동안 버텼는데, 못할 일이 어디 있겠냐는 자신감도 생긴다.

콜센터 일을 적극 추천하고 싶진 않지만, 도저히 못 할 일이라고 생각하진 않는다. 진상 고객을 만나 일주일 만에 도망치는 사람, 잘 버텨 1년을 채우고 나가는 사람, 나처럼 지겹게 다닌 사람

모두 콜센터에서 느끼는 바가 있을 거다. 내가 타인에게 아무것도 아닌 존재로 취급받을 때 느낄 수 있는 것들이 분명히 있다. 낮은 자리에서 보이는 세상이 있다.

지나온 시간 속에서 무엇을 찾고, 어떤 것을 느끼는지는 나의 몫인 것 같다. 의미 없는 시간이라고 느끼면 정말 그렇게 되는 것이고, 작은 의미라도 찾으려고 노력하면 얻는 게 있을지도 모른다. 결코 아무것도 아닌 시간은 없다는 생각에 마음이 놓인다.

이만, 퇴사하겠습니다

○
○

 언제부터인가 '때려치우고 싶다'는 말이 입버릇이
됐다. 오래 함께한 동료들은 입사 1년 차 때부터 관둔다는 소리
를 하더니 5년이 넘게 다니고 있다고 놀린다. 하지만 이번엔 달
랐다. 모아둔 돈도 없고 이직 준비도 못 했지만 무조건 그만둘
생각이었다.

 퇴사를 한 달 반 남긴 월요일, 점심을 먹고 들어왔는데 팀장
이 보낸 채팅창이 깜빡였다. 센터장이 내게 할 말이 있다며 자리
로 가보라는 내용이었다. 센터장이 상담원을 찾을 때는 업무나
급여체계가 안 좋은 방향으로 바뀐다고 알려주는 게 대부분이라
그의 부름이 반갑지 않았다.

 퇴사가 머지않아서 센터장도 무섭지 않았다. 무슨 말을 하는
지 들어나 보자며 찾아간 자리에서 뜻밖의 얘기를 들었다. 최근

많은 콜센터에서 시도하고 있는 채팅 상담을 도입할 예정인데 내가 경력도 오래되고 꼼꼼하니 선임상담원으로 일해보지 않겠냐는 제안이었다.

콜센터마다 다르겠지만 보통 전화 상담보다는 메일이나 채팅 상담이 스트레스가 덜하다. 전화 상담처럼 직접적으로 고객의 감정을 다 흡수하지 않아도 되고, 답변하는 것에도 여유가 있다. 예상치 못한 제의에 약간 마음이 흔들렸다.

'퇴사 후에 어떻게 먹고살아야 할지 걱정했는데 몇 달만 더 해보면서 이직 준비를 할까?'

'아무래도 전화받는 것보다는 편할 텐데… 간만에 좋은 기회가 아닐까.'

짧은 시간에 여러 생각이 스쳤다. 바로 답을 못하는 내게 센터장은 자기가 많이 도와주겠다며 한번 해보라고 밀어붙였다.

입사하고 1년 반쯤 되었을 때 팀장에게 퇴사하겠다고 말한 적이 있다. 당시 콜센터는 '지원'이라는 이해하지 못할 운영방침이 있었다. '지원'이란 한가한 부서의 상담원이 간단한 교육을 받고 바쁜 타 부서에 투입되어 콜을 받는 일을 말한다. 쇼핑, 도서, 티켓 부서별로 성수기가 달라서 명절을 앞두고는 쇼핑 콜센터가 바쁘고, 공연이 많은 연말에는 티켓 콜센터가 분주한 식이다.

이름만 같은 기업일 뿐 부서별로 정책이나 상담 시 이용하는 전산도 다르다. 팀도 별도로 운영되고 상담 내용도 겹치는 부분이 전혀 없다. '지원'은 상담원 모두 바라지 않지만, 응대율을 위해 회사가 결정한 방침이었다.

마침 개학 시즌이라 도서 부서의 콜센터가 불이 났다. 나를 포함한 5명의 티켓 부서 상담원이 일주일간 교육을 받고 도서 상담에 투입되었다. 지옥 같았다. 학교, 학원 교재가 제때 배송되지 않아 자녀의 수업에 차질이 생겼다는 부모님들의 민원이 줄을 섰고, 파손과 분실, 반품 항의도 넘쳐났다. 업무에 익숙하지 않은 상태에서 화난 고객을 응대하는 일도 어려웠지만, 도서 지원 자체를 이해하지 못한 채 억지로 일을 하는 처지가 더 힘들었다. 티켓 부서의 상담원으로 입사한 내가 왜 다른 부서에 지원을 나와서 원치 않는 일을 해야 하는지 도무지 받아드릴 수 없었다.

팀장에게 따지고 화도 내봤다. 그도 완강했다. 아마 더 윗선에서 결정한 일이라 그랬을 거다. 몇 주간 버티다가 더는 못하겠다는 생각에 팀장과 면담을 신청했다. 그동안의 불만을 토로하며 퇴사를 말했다. 팀장은 나를 빤히 보더니 일주일간 생각해보고, 그래도 마음이 변하지 않으면 퇴사처리를 해주겠다고 했다.

생각지 못한 반응에 당황스러웠다. 욱하는 마음에 퇴사 얘기를 질렀지만, 속으론 나를 붙잡을 거라고 생각했다. 콜은 많이 못 받아도 관리자와 주변 동료들에게 성실하고 일 잘한다고 평가받던 내가 그만두겠다고 나오면 도서 지원을 빼주거나 다른 제안을 할 거라고 기대한 것도 사실이다.

팀장이 퇴사를 만류하면 마지못해 하는 척 받아주려고 했는데 큰 착각이었다. 내게 전혀 미련이 없어 보이는 팀장의 태도에 나는 아무것도 아니며, 내가 떠난 자리는 언제든 다른 사람으로 채워질 수 있다는 사실을 알았다. 퇴사할 마음의 준비가 안 돼 있던 나는 일주일이 지나고도 같은 자리에 머물러 있었다.

센터장의 제안에 잠시 고민했지만 내 생각은 변함이 없었다. 나는 그가 원하는 대답 대신 퇴사를 하겠다고 말하고 자리에서 일어났다. 이번에 그만두지 못하면 앞으로 10년은 이곳에 묶여 지낼지도 모른다는 두려움에서였다.

자리에 돌아와서 전화를 받는데 팀장이 다음 달 말에 퇴사하는 것으로 보고하면 되냐고 물어왔고, 그렇게 하시라고 답했다.

매년 양치기 소년처럼 퇴사를 번복하던 내가 정말 회사를 떠난다고 하니 다들 놀란 눈치다. 잘 결정했다는 동료, 그만두고 나서 이곳 근처는 발도 붙이지 말라는 동료, 몇 달 쉬다가 다시 돌아오라는 무서운 농담을 하는 동료, 이제 정을 떼야겠다는 동료까지 반응이 제각각이다.

센터장과 팀장에게 말할 때는 아무렇지 않았는데, 동료들에게 말하고 나서야 실감이 났다. 내가 정말 그만두는구나. 마음처럼 당당하게 퇴사 보고를 하지 못했지만 그래도 속은 시원하다. 어쩌면 앞으로 남은 한 달 반이 몹시 길지도 모르겠다는 생각을 했다.

콜센터를 떠나며

"주운아, 너 진짜 좋겠다."

퇴근을 준비하는데 친한 숙경 누나가 말했다. 뜬금없이 무슨 말이냐고 물었더니 회사를 그만두는 내가 부럽다고 했다. 진상과의 전화를 끊을 때마다 주운이는 이제 이런 고생 안 하겠다는 생각이 든다며.

한 달 반 전, 사직서를 내고 정말 힘들었다. 공연이 가장 많은 연말의 이곳은 지옥과 다를 바 없다. 마음은 이미 회사를 떠났는데, 수많은 콜과 민원을 받아내기가 쉽지 않았다. 역시 콜센터는 끝까지 호락호락하지 않았다. 이런 연말을 다섯 번이나 겪었다니, 기적처럼 느껴졌다. 전화예매는 끝이 없고, 배송 지연과 티켓 분실에 관한 문의도 넘쳐났다. 그 와중에 독감까지 유행을 해서 콜이 쏟아졌다. 퇴사를 앞두고도 휘몰아치는 일을 버틸 수 있었던 건 숙경 누나의 말처럼 '이번 달만 끝나면 여길 벗어난다'는 생각이었다.

신기하게도 정확히 크리스마스를 기점으로 콜이 줄어들었다. 바쁠 때는 아무 생각이 없다가 한가해지니 퇴사가 실감났다. 콜센터에 미련이 남거나 미래에 대한 불안은 조금도 없었다. 아주 홀가분하다. 조금이라도 빨리 떠나고 싶은 마음, 조금 더 빨리 떠나지 못한 아쉬움밖에 없다. 좋든 싫든 5년간 나의 밥벌이였던 이곳을 그토록 끔찍하게 여겼던 마음이 나를 더 힘들게 했을지도 모르겠다.

기다려온 12월 31일, 콜센터에서의 마지막 날. 여느 날처럼 업무 시작 5분 전에 가까스로 도착해 컴퓨터를 켰다. 무리하지 않고 천천히 콜을 받기로 마음먹었다. 마지막 배려인지 진상은 없고, 콜도 많지 않아 무탈한 하루다. 18시가 가까워지니 미친 사람처럼 실실 웃음이 나왔다. 예매취소를 요청하는 마지막 고객의 문의를 처리했다. 이 고객은 내가 오늘 퇴사한다는 사실을 모르겠지. 뜬금없이 '저 오늘 그만둡니다!'라고 말하고 싶다는 생각이 들었다. 친절하게 취소를 해드리고, 평소에 잘 안 하는 "다른 문의사항은 없으신가요?"라는 말까지 덧붙였다. 괜찮다는 고객의 말에 끝인사를 했다. 마지막 상담 업무가 드디어 마무리되는 순간이었다.

"좋은 하루 보내세요. 박주운이었습니다."

아마 수만 번쯤 했던 인사. 다시는 없을 마지막 인사.

18시가 되고 PC에 남아 있는 자료를 모두 삭제했다. 내 자리는 치울 물건이 별로 없었고, 이날만을 기다려 온 것처럼 깨끗했다. 텀블러만 챙기고 나머지는 모두 버렸다. 회사의 안 좋은 기억과 기운이 들러붙을 것 같아 그랬다. 오래 함께한 동료들과 작별 인사를 나누기가 왠지 쑥스러웠다. 좋은 곳으로 떠나는 게 아닌데 다들 축하와 부러움을 담고 있었다. 동료 때문에 힘든 적도 있었지만, 5년을 버틸 수 있었던 건 역시 함께한 동료들 덕분이다. 지긋지긋한 일이었지만 사람은 얻었다는 감사한 마음이 든다.

친한 동료들이 밥을 사주겠다고 해서 도란도란 닭 한 마리에 소주를 마셨다. 조용한 마무리였다. 이제 정말 마지막 퇴근길이다. 지하철을 타고 집으로 돌아가는 길, 회사가 있는 구로디지털 단지에서 점점 멀어질수록 내가 콜센터를 다니긴 했었나 싶었다.

조금 전까지 전화를 받으며 일하던 저곳이 어느새 나와는 전혀 관계없다는 생각이 들었다. 그토록 바라면서도 결심하지 못한 퇴사였는데, 참 별것 아닌 듯해 허무했다. 자꾸 포장하려는 마음에서 지난 5년을 '버텼다, 견뎠다'라고 쓰게 되는데 사실 그 무엇도 아니다. 그냥 죽은 사람처럼, 아무런 의욕 없이 먹고살아야 해서 다닌 거다.

죽어지낸 시간도 내게 준 게 있다.

그저 숨만 쉬며 산 시간이라도
결국은 내가, 나 스스로 살아냈다는 것.
나를 포기하거나 놓아버리지 않았다는 것.

나를 가장 힘들게 한 건 다름 아닌 나 자신이었다. '내 인생 망했구나', '이룬 건 아무것도 없이 나이만 먹었구나' 하는 생각에 괴로웠다. 매사에 조급해지고 욕심만큼 이루지 못하는 나를 비난만 했었는데 이제는 미움을 덜어보려 한다.

오늘만큼은 지난 5년을 살아낸 나에게 고생했다고 말해주고 싶다. 이곳을 그만둔다고 하루아침에 내 삶이 달라지지 않을 걸 안다. 항상 기대가 커서 속상한 일이 많았지만, 무너지지 않고 살아갈 수만 있다면 그걸로 괜찮다.

콜센터 상담원,
주운 씨

초판 1쇄 발행 2020년 3월 10일
초판 3쇄 발행 2021년 6월 1일

지은이 박주운
펴낸이 이범상
펴낸곳 (주)비전비앤피 · 애플북스

기획 편집 이경원 현민경 차재호 김승희 김연희 고연경 최유진 황서연 김태은 박승연
디자인 최원영 이상재 한우리
마케팅 이성호 최은석 전상미
전자책 김성화 김희정 이병준
관리 이다정

주소 우)04034 서울시 마포구 잔다리로7길 12 (서교동)
전화 02)338-2411 | **팩스** 02)338-2413
홈페이지 www.visionbp.co.kr
인스타그램 www.instagram.com/visioncorea
포스트 post.naver.com/visioncorea
이메일 visioncorea@naver.com
원고투고 editor@visionbp.co.kr

등록번호 제313-2007-000012호

ISBN 979-11-90147-13-2 03810

이 도서의 국립중앙도서관 출판예정도서목록(CIP)은 서지정보유통지원시스템 홈페이지(http://seoji.nl.go.kr)와
국가자료종합목록 구축시스템(http://kolis-net.nl.go.kr)에서 이용하실 수 있습니다. (CIP제어번호 : CIP2020005970)